Das Leben des jungen Arthur Maxley scheint beherrscht von Müßiggang und einem nie verwundenen Trauma aus der Kindheit. Einen Abend, eine Nacht lang folgen wir ihm, zunächst zu einem Dinner mit seinem Vater, den er viele Jahre nicht gesehen hat. Schuld und Scham lasten auf dieser Begegnung, deren abruptes Ende einen Vorgeschmack gibt auf das verheerende Finale dieser Nacht. Während Arthur sich von einer schönen Fremden verführen lässt, enthüllt sich seine existenzielle Not: Sein Begehren ist tiefer, als dass erotische oder sexuelle Erfüllung es befriedigen könnten.

John Williams (1922–1994) wuchs im Nordosten von Texas auf. Obwohl begabt, brach er sein Studium nach dem ersten Jahr ab, hatte Jobs als Rundfunk- und Zeitungsredakteur. Nur widerstrebend wurde er 1942 Mitglied des Army Air Corps, zweieinhalb Jahre Stationierung in Indien und Burma folgten. In dieser Zeit entstand sein erster Roman, ›Nichts als die Nacht‹. Nach dem Krieg wurde Williams Lektor, später erlangte er an der University of Denver seinen Master und lehrte schließlich dort bis zu seiner Emeritierung 1985.

John Williams

Nichts als die Nacht

Roman

Aus dem amerikanischen Englisch
von Bernhard Robben

Mit einem Nachwort
von Simon Strauß

Von John Williams ist bei <u>dtv</u> außerdem lieferbar:
Stoner (28015 und 14395)
Butcher's Crossing (14518)
Augustus (14612)

Hintergrundmaterial für Ihren Lesekreis finden Sie unter
<u>www.dtv.de/lesekreise</u>

Ausführliche Informationen über
unsere Autoren und Bücher
<u>www.dtv.de</u>

2. Auflage 2019
2019 dtv Verlagsgesellschaft mbH & Co. KG, München
© 1948 by John Williams
Die Originalausgabe erschien 1948 unter dem Titel
›Nothing But the Night‹ bei Swallow Press in Denver/USA.
© der deutschsprachigen Ausgabe:
2017 dtv Verlagsgesellschaft mbH & Co. KG, München
Das Motto von A. E. Housman:
»Die ›Shropshire-Lad‹-Gedichte, LX«
erschienen im Mattes Verlag, Heidelberg 2003,
übers. v. Hans Wippenfürth
Umschlaggestaltung: Wildes Blut, Atelier für Gestaltung,
Stephanie Weischer unter Verwendung eines Fotos
von Arcangel Images / Onur Ozen
Satz: Greiner & Reichel, Köln
Druck und Bindung: Druckerei C.H.Beck, Nördlingen
Gedruckt auf säurefreiem, chlorfrei gebleichtem Papier
Printed in Germany · ISBN 978-3-423-14690-6

Die Angst, die dir die Kehle schnürt,
soll haben keine Macht;
wohin der längste Weg auch führt,
da ist nichts als die Nacht.

A. E. Housman

IN DIESEM TRAUM, IN DEM er schwerelos und leblos war, ein alles umflutender Bewusstseinsnebel, der in der Weite der Dunkelheit brodelte und bebte, gab es anfangs kein Gefühl, nur undeutliches Wahrnehmen, ohne Blick und Verstand und fernab, allein imstande, zwischen sich und der Dunkelheit zu unterscheiden.

Dann wurde er sich seiner langsam bewusst, und es kam so etwas wie Dankbarkeit auf für das fühllose Ding, das er im Traum war. Gedankenlos und ohne Worte schätzte er dies so sehr, dass er, stünde es ihm frei, sich dafür entschiede, auf immer in diesem blinden Bauch des Nichts zu bleiben.

Zu den besonderen Bedingungen eines Traums aber zählt, dass es dem Träumer an Macht und Kontrolle fehlt. Auch wenn es manchmal den Anschein hat, als seien ihm enorme Fähigkeiten verliehen, als besäße er Fertigkeiten, die im Wachzustand undenkbar schienen, als wüsste der Träumer, könnte er seinen träumenden Geist erkunden, seine Traumwelt erforschen, dass die einzige Macht, die er besitzt, bloß jene ist, die dem Traum zukommt, jenem Zustand also, in dem er sich befindet. Er ist das Werkzeug eines düsteren Schelms, eines grimmigen kleinen Scherzboldes, der Welten in Welten erschafft, Leben in Leben, Geist im Geist. All die illusionäre Macht verdankt sich diesem schadenfrohen Szenenschreiber, der nach Lust und Laune gibt und nimmt.

So begann er, sich in seinem Schwebezustand unsicherer zu fühlen, und in dem Maße, in dem er sich seiner bewusst wurde, nahm die Empfindung der Dankbarkeit ab, denn kühn drängte Gefühl heran, und auf einen Schlag, unerwartet und nach unlogischem Übergang, stellte er fest, dass er nicht länger vollkommen in der Weite der Dunkelheit war, sondern ein Etwas, eine Identität, unvollkommen und lebendig, in einer giftig brodelnden, aus der Leere aufsteigenden Welt des Lichts.

Einen Moment lang erkannte er den Ort nicht, an dem er sich wiederfand, unsichtbar in einem Zimmer schwebend, noch immer getragen von einer Welle unirdischer Distanz. Es war ein großer, sanft erhellter Raum voll schwatzender Menschen, gedämpftes Licht, heiß und stickig. Die Wände dehnten sich ins Unermessliche. Sie waren von hellbeiger Farbe, geschmackvoll mit Braun abgesetzt und mit unzähligen schreiend bunten und bedeutungslosen Gemälden behangen. Das Ambiente, die Atmosphäre kamen ihm vertraut vor, auch wenn er sie nicht zu benennen wusste. Hätte er es gekonnt, hätte er sich vielleicht unter die Leute gemischt, mit ihnen geredet, sie befragt. Nur wusste er, dass er aus eigenem Antrieb nicht zu handeln vermochte, er war weiterhin der Gnade der Traumintelligenz ausgeliefert, und nur was diese Intelligenz wollte, geschah.

In seiner von alldem getrennten Dimension war es ihm gestattet, diese versammelte Menge zu beobachten; und er sah die Menschen, als bewegten sie und präsentierten sie sich auf einem Objektträger unter einem Mikroskop. Er sah die Partymaske, das aufgesetzte, bedeutungslose Lächeln, das sich kurz um die Lippen zeigte und den feuchten, rosigen Gaumen freigab, die frisch geputzten Zähne, ihr bläuliches Zahnpasta-Emaille – ein unansehnlicher Muskelkrampf, der das Gesicht zu einer Grimasse verzog, einem Faltennetz, ein anatomisches, auf Charme geeichtes Experiment.

Und er sah die beleibten Herren, unförmige Herren in den reizlosen Schößen ihrer Smokings, sah, wie sie ihre Worte durch Wolken von Zigarrenqualm pafften, roch das zarte Aroma von Gin und Wermut und nahm die endlose Abfolge von Frauen wahr, die einander alle ähnlich waren, Brüste und Schenkel in monotoner Wiederholung von zu engen Kleidern zur Schau gestellt, verschwommene, unkenntliche Gesichter, nichtssagende Flötenstimmen.

Und plötzlich wusste der Träumer wieder, wo er war. Ohne jede Vorwarnung fiel ihn dieses Wissen an, und ohne jede Überraschung nahm er es hin. Er war in der Wohnung von Max Evartz; er kannte sie gut. Einen Moment lang hörte er auf, wie beiläufig die Partygäste zu mustern, um sich stattdessen nach Max umzusehen, ihn zu suchen, obwohl er wusste, dass er ihn nicht finden würde. Max war auf seinen eigenen Partys nie zu sehen. Sein massiger Leib verdrückte sich liebenswerterweise, sobald die Party begann, und danach bekam man Max nicht mehr zu Gesicht. Er war ein kluger und erfolgreicher Gastgeber.

Nachdem er nun endlich seine Umgebung wiedererkannte, schoben sich auch andere Dinge in den Orbit seiner Erinnerung. Er wusste, wer diese Leute waren, kannte sie alle. Sein Geist war jetzt fähig, die vielen Gesichter zu betrachten und einzuordnen, sich an sie zu erinnern und sie zu sortieren. Mit dem vordrängenden Wiedererkennen fiel der Zustand innerer Distanz wie ein übergroßer Mantel von ihm ab, und er spürte, wie unwiderstehlich ihn der Wirbel und das Gewühl der Wirklichkeit anzogen, fühlte, wie er selbst zu einem kleinen Bruchteil der Menge wurde.

Dann sah er den jungen Mann; und während ein Teil seines Verstandes darüber staunte, wie tief vertraut ihm dieses Gesicht war, wurde ein anderer Teil von einer überwältigenden Gewissheit durchtränkt und überschwemmt, die ihn auf eine unausweichliche und unaussprechliche Art und Weise erkennen ließ, warum er an ebendiesem Ort war, warum er das Geschehen betrachtete und nun aufstand, um zu sehen, was als Nächstes geschah.

Der junge Mann saß allein in einer Ecke des Zimmers in einem großen Sessel. Das Haar hing ihm in dünnen, blonden Strängen vom Kopf, und hin und wieder hob er gedankenverloren eine schmale Hand, um mit wirkungsloser Geste eine Strähne zurückzuschieben. Er war von zierlicher Statur; der leicht gebeugte Rücken, der selbst im Sitzen nicht zu übersehen war, machte seine Gestalt noch auffälliger, und er war blass, doch von einer Blässe, für die mehr als bloß fehlender Sonnenschein verantwortlich war. Unter der Haut schien es eine teigige Fettschicht zu geben, und man hatte den Eindruck, würde ihm ein neugieriger Finger ins Gesicht gedrückt, die Druckstelle bliebe sichtbar, als fehlte die gewohnte Elastizität gesunden Haut- und Muskelgewebes. Von dieser auffälligen Blässe hoben sich die überraschend stark durchbluteten Lippen ab, kein sinnliches Rot, auch kein ungesundes Rot, im Gegenteil. Die Lippen schienen das einzig Gesunde in einem ansonsten kränklichen Antlitz zu sein.

Man sah ihn häufig auf den Partys von Max, doch selbst einem Beobachter, der nicht mit der übernatürlichen Wahrnehmungsschärfe des Träumers gesegnet war, wäre aufgefallen, dass er nicht dazugehörte. Ihn schien eine innere Ruhelosigkeit zu plagen, die ihm keinen lockeren Umgang mit sich oder den anderen gestattete. Angespannt beugte er sich im Sessel vor, als sei er kurz davor, aufzuspringen und in heller Panik zu fliehen. Dennoch war er hier oder bei ähnlichen Zusammenkünften oft zu sehen, stets der verwirrte Fremde, ein Sonderling. Ausnahmslos passte ihm jede dieser Veranstaltungen wie ein schlecht sitzender Anzug.

Und der Träumer fragte sich: Wer kennt diesen Mann? Wer kennt seine wahre Identität? Wer weiß, woher er kommt, wer kennt sein Ziel? Hier ist dein wahrer Fremder, dachte der Träumer: Nicht der Mann, den du nie gesehen hast, nicht der Mann, den du nie gekannt hast, nicht das nur flüchtig im Gedränge der Straße wahrgenommene Gesicht, nicht die dunkle, nur einmal gehörte Stimme, nicht das Gesicht eines Fremden, von dem du auf irgendwelchen Seiten gelesen hast, nein, all das nicht. Doch hier – hier in diesem Mann, den du zu gut kennst, um ihn zu kennen, den du zu oft gesehen hast, um ihn je zu sehen, hier ist dein wahrer Fremder in der Menge. Diese gebeugte, blonde, angespannte Gestalt, die in der Zimmerecke in einem Sessel sitzt, unbemerkt und allein.

Denn er war unbemerkt und allein, und niemand kannte ihn. Nur die wenigsten hätten ihn mit Namen anzusprechen gewusst … und das war schon alles. Kein Mensch hier war mit den elementaren, wesentlichen Tatsachen seines Lebens vertraut. Man hielt sie für zu unbedeutend, um sie sich zu merken oder sich gar näher mit ihnen zu befassen.

Für diese Leute war er wie ein Geräusch ohne Bedeutung, eine Explosion, die nicht weiter störte.

Der Träumer erinnerte sich an einen bestimmten Vorfall. Er erinnerte sich, wie er einmal nervös mitten in Max Evartz' Wohnung gestanden und sich rasch blinzelnd umgeschaut hatte, während seine Finger ruhelos den Stiel eines Cocktailglases streichelten und er alles, was vor sich ging, mit der hochkonzentrierten Aufmerksamkeit einer kurzsichtigen Eule registrierte. Das war seine übliche Pose, seine gewohnte Haltung. So verharrte er manchmal eine halbe Stunde lang, in der er sich kaum rührte, nichts sagte und nur dem unverständlichen Geplapper um ihn herum lauschte. Gelegentlich aber geschah es, dass eine zufällige Bemerkung zu ihm durchdrang, woraufhin er dann plötzlich mit dem Fuß aufstampfte und wütende, unsinnige Flüche und Beleidigungen in verständnislose, überraschte Gesichter schleuderte. Sein Gesicht ballte sich zu einer engherzigen Grimasse des Unmuts zusammen, die schmalen roten Lippen zuckten feucht, und ein Hauch gereizten Rosas färbte die ungesund teigigen Wangen. Er gab nicht einmal auf, wenn ihm die verschreckten Leute den Rücken zukehrten, was sie unweigerlich taten. Er folgte ihnen durchs Zimmer, während seine Beschimpfungen so unmerklich in Verzweiflung übergingen, dass niemand etwas davon mitbekam.

Und dann, ebenso abrupt, wie er begonnen hatte, hörte er auch wieder auf. Stumpfsinnig starrte er die Person oder die Personen an, denen seine Rede gegolten hatte, als ob sie unerwünschte, aufdringliche Fremde wären. Schließlich machte er auf dem Absatz kehrt und ließ sie einfach stehen, um sich verwirrt, verängstigt und ein wenig beschämt in seine Ecke zurückzuziehen und in ein tiefes Schweigen zu verfallen, das mal fünf Minuten, mal eine Stunde, oft sogar den Rest des Abends andauerte. Während dieser Zeit war es sinnlos, ihn anzusprechen. Er schien dann nichts außer dem eigenen, stummen Ich wahrzunehmen.

Also betrachtete der Träumer die schmale, blasse Gestalt in dem übergroßen Sessel. Und noch während er sie ansah, steigerte sich die Vorahnung einer nahenden Katastrophe. Er wollte fliehen, wollte fort von hier, doch er konnte sich nicht rühren, der Traum, dieser Clown, hatte ihn jeder Fähigkeit zur Bewegung beraubt. Er stand wie versteinert, als die Traumbilder plötzlich, rascher, als er es für möglich gehalten hätte, aus der Bahn gerieten. Es gab eine große, blendend helle Lichtexplosion, die ein leeres, undurchdringliches Dunkel zurückließ, und aus diesem Dunkel drang nun der vielfach verstärkte Lärm der Menge. Man schrie, ein wilder, gieriger Schrei konzentrierten Hasses, und er wusste, warum man so schrie.

Dann lichtete sich das Dunkel. Und er sah, wie sich die ganze Partygesellschaft, all die zuvor so gleichmütig wirkenden Anwesenden, plötzlich zu dem übergroßen Sessel in der Ecke drängten, um in sinnloser Wut auf das dort zusammengekauerte, nichtsahnende Geschöpf einzuschlagen. Der Träumer befand sich in diesem Menschenrund, sehr nahe an dem blassen jungen Mann, und wie die Menge herantrieb, fühlte er, dass sie ihn mitriss, hin zu dem Mann im Sessel, und er plötzlich seine Fähigkeit zu schreien wiederfand und sich zu bewegen, sich zu wehren. Nur konnte er aus dem Kreis nicht ausbrechen; die Menge schloss ihn unerbittlich von allen Seiten ein; selbst mit seiner ganzen Kraft konnte er dem Druck der immer dichter heranrückenden Leiber nicht widerstehen. Immer stärker nach innen wurde der Träumer gedrängt, bis er so nahe war, dass er die Poren in der Haut des jungen Mannes sehen konnte, die dünnen Adern, die die Lider seiner resigniert geschlossenen Augen durchzogen. In einem letzten verzweifelten Versuch mühte er sich einmal mehr, vor diesem Leib zurückzuweichen, aber es war zwecklos. Ein mächtiges kollektives Pressen schob ihn heran, und er spürte, wie er den jungen Mann mit seinem Körper berührte, und dann wusste er es: In einem allerletzten Erkenntnisschwall buchstabierte ihm sein Verstand, was er schon lange geahnt hatte. Geschickt, leichthin, lautlos verschmolz er mit dem ruhenden Körper, wurde in einer plötzlichen, unerklärlichen Anverwandlung eins mit ihm, in einem kurzen Aufzucken tödlicher Qual, denn das hier war seine wahre Identität, das war er selbst; und kurz bevor der Vorhang der Dunkelheit herabsank, sah er plötzlich aus den abrupt geöffneten Augen des jungen Mannes auf, sah das endlose Gesichtermeer der Menge, hörte erneut den animalischen Schrei ihres Hasses, spürte brutale Hände auf seiner Haut, sah die gehobenen, niederfahrenden Fäuste, die ihn blutig schlagen würden, spürte kurz einen Schmerzensschock, und dann verdunkelte sich das Meer aus Blut, und er schwamm in völliger Finsternis und wusste nichts mehr.

SONNENHELLES MORGENLICHT STOCHERTE MIT NEUGIERIGEN Fingern durch die halb geöffneten Lamellen der Jalousie und strich warm, sanft und unpersönlich über sein Gesicht. Er rührte sich leicht und drehte sich zur Seite. Neben dem Bett klingelte das Telefon, und er fuhr erschrocken auf, die Augen geöffnet, doch blicklos. Er blinzelte und schüttelte den Kopf, um die letzten Traumschleier zu vertreiben. Dann hob er ab.

»Ja?«, murmelte er verschlafen.

Eine Stimme sagte: »Guten Morgen, Mr Maxley. Es ist neun Uhr.«

Er grunzte, legte den Hörer zurück auf die Gabel und blieb noch einen Moment, die Beine übereinandergeschlagen, auf dem Bettrand sitzen, starrte vor sich hin und stellte sich langsam, mühevoll auf den Tag ein. Schicht um warme Schicht streifte sein Verstand den Schlaf ab und stählte sich gegen den unbarmherzigen Ansturm des kalten Bewusstseins.

Arthur Maxley ließ den Blick durchs Zimmer wandern und blinzelte dabei mit der unerschütterlichen und rhythmischen Stetigkeit einer gelangweilten Schildkröte. In seinem Kopf wummerte es dumpf, der Mund fühlte sich wie Watte an vom schalen Nachgeschmack des Alkohols, den er am Abend zuvor getrunken hatte, hier, allein in seiner Wohnung.

Ich muss mir für abends eine andere Beschäftigung suchen, dachte er. Es tut mir nicht gut, allein zu sein und zu trinken.

Angewidert blickte er sich um. Eine Schublade stand weit offen; benutzte Taschentücher, getragene Schlipse und Socken hingen schlaff über den Rand. Mitten auf dem Boden war ein Aschenbecher umgekippt und hatte Asche und Zigarettenstummel über den Teppich verstreut.

Hier sieht es aus wie in meiner Seele, dachte er. Unordentlich und schmutzig.

Er lächelte. So ein Quatsch, sagte er sich. Es ist nur ein Zimmer, und heute Vormittag kommt das Zimmermädchen, um sauber zu machen, nur meine Seele, die kann sie nicht putzen. Wer könnte das schon, die Seele säubern?

Doch vermochte er an diesem Morgen kein rechtes Interesse für seine Seele aufzubringen. Gestern Abend hatte ihn seine Seele sehr beschäftigt, erinnerte er sich. Er hatte in diesem Zimmer gesessen, ein wenig getrunken, ein Buch gelesen und über seine Seele nachgedacht. Das aber war gestern Abend gewesen. Jetzt war es heller Vormittag, und sein Verstand schreckte vor solcher Selbstbetrachtung zurück.

Ich werde einen schönen Spaziergang im Park machen, sagte er sich wortlos. Gleich ziehe ich meine Sachen an und mache einen schönen langen Spaziergang.

Er seufzte schwer, warf die Bettdecke von sich, tappte barfuß ins Bad, putzte sich die Zähne, bis der Gaumen schmerzte, klatschte sich kaltes Wasser ins Gesicht und rieb es kräftig mit einem groben Handtuch trocken. Dann begutachtete er sich im Badezimmerspiegel und beschloss, sich die Rasur heute zu schenken.

Und als er sich so im Spiegel sah, drängte sich ihm aufs Neue sein Gesicht auf. Er musterte es ausgiebig, sachlich. Es gefiel ihm nicht. Bis zu einem gewissen Grad war dies ein leidenschaftsloses Missfallen, so als würde sein Gesicht jemand anderem gehören. Nur behielt er diese Gelassenheit nie lange. Immer begann sich in ihm Groll gegen das zu regen, was auch immer es war, das für diese äußere Fehldarstellung seines Innenlebens verantwortlich war. Er fand es nicht fair. Mit dem Finger stupste er sein Gesicht an, und ihm fiel der seltsame Kontrast zwischen seinen schönen sehnigen Händen und der blassen, ziemlich gewöhnlichen, glatten Haut seines Gesichtes auf, die vom hellen Glanz der Jugend überzogen sein sollte, es aber nicht war. Er grinste sein Spiegelbild an, zog die roten Lippen hoch, bleckte die Zähne und lachte trotzig. Gleich darauf wurde er wieder ernst und starrte noch einen Moment länger in den Spiegel, doch nun geistesabwesend, so als hätte er jedes Interesse verloren. Dann drehte er sich um und ging zurück ins Schlafzimmer.

Beim Anziehen ermahnte er sich, unbedingt diesen Spaziergang im Park zu machen. Den ganzen Vormittag bei geschlossenen Jalousien im Zimmer zu hocken war nicht gut für ihn. Und er dachte an Dinge, an die er nicht denken sollte, erinnerte sich an Sachen, an die er sich nicht erinnern sollte. Manchmal, wenn er sich so allein dort sitzen und sich erinnern sah, kam er sich wie ein Arzt vor, der beobachtete, wie eine Krankheit aufzog, aber nichts dagegen unternahm. Man hatte ihm gesagt, dass es Dinge gebe, die er vergessen sollte, die er vergessen musste; und er hatte zugehört und zugestimmt. Doch vor die Notwendigkeit gestellt, diesem Rat Folge zu leisten, fühlte er sich seltsam hilflos.

Gestern Abend, allein in der Wohnung, hatte er sich ein nachdrückliches Versprechen gegeben. Von nun an würde er jeden Tag durchplanen, würde die Augenblicke füllen, wie man ein Schaubild ausfüllte, sodass es für ihn keinen leeren Moment mehr gab, dem er sich hingeben und an den er sich erinnern konnte. Und obwohl der Gedanke, sich dem Morgen zu stellen, stilles Grauen in ihm auslöste, hatte er beschlossen, jeden Tag als Erstes einen Spaziergang zu unternehmen, einen schönen langen Spaziergang im Park.

Der Morgen hatte etwas an sich, was er nicht mochte, etwas, wie er fand, geradezu Obszönes. Es war, als erhöbe sich die Zeit allmorgendlich aufs Neue aus ihrem nächtlichen Grab, um über die Erde zu schleichen und sie sowie alles, was darauf wandelte, mit klammen Händen zu berühren. Und der Morgentau verströmte einen modrigen, übel riechenden Duft, der ihm so unangenehm in die Nase drang wie der muffige Geruch düsterer Zimmer in verlassenen Häusern.

Diesmal aber dachte er nur flüchtig an seinen gewohnten Widerwillen. Auf dem dicken verblichenen Teppich, mit dem der Flur ausgelegt war, machten seine kleinen Füße, die in edlen Schuhen steckten, kein Geräusch, als er aus der Wohnung ins dunkle Treppenhaus trat. Auf dem Weg nach unten streiften seine Finger das glatte, matte Eichengeländer, und er spürte, wie ihn im selben Moment ein Gefühl von Frieden und innerer Ruhe überkam. Auch wenn ihm seine Wohnung missfiel, so fand er doch, dass ihn die lange Treppe mit ihrer dunklen Freundlichkeit dafür mehr als entschädigte, und er ließ sich beim Hinabgehen immer Zeit. Denn sooft er sie hinunterging, konnte er in der wohligen Anonymität ihres Zwielichts sich selbst vergessen und, wenn auch nur für einen Moment, mit der Dunkelheit verschmelzen, konnte irgendwie ein Teil von ihr werden.

Am Fuße der Treppe hielt er kurz inne, dann öffnete er die Tür und huschte eilig hinaus in den hellen Morgen. Obwohl es eigentlich nicht besonders kühl war – es schien sogar ein recht warmer Sommermorgen zu sein –, merkte er, wie er zitterte, während er die Straße entlangging.

Sie lag nahezu verlassen da, und er spürte, wie ihn beim Gehen das vertraute Gefühl widerwärtiger Einsamkeit überkam, das die Beine schwer machte wie Blei und seinem Schritt den federnden Schwung nahm. Gelegentlich hastete eine Gestalt an ihm vorbei; und er hörte, wie das Gelächter unsichtbarer in den Hinterhöfen spielender Kinder durch die Morgenluft flirrte, hörte ein Auto durch eine Nebenstraße dröhnen, doch war ihm, als habe nichts davon etwas mit ihm zu tun, mit Arthur Maxley. Der Raum, den er durchquerte, war bedeutungslos, eine Betonwüste mit seltsam leblosen Konfigurationen, die ihn von allen Seiten eigenartig hemmten und bedrohten.

Wo sollte man am Morgen hingehen?, fragte er sich. Was sollte man tun? Vater unser, der du bist im Himmel, gib uns an diesem Morgen etwas zu tun. Im Park spazieren. Unser Vater, der du bist; unser Vater, der du bist …

Die Worte hallten ihm in ihrem Rhythmus immer aufs Neue durch den Kopf, und er ging ein wenig schneller, als könnte das erhöhte Tempo sie vertreiben.

Unser Vater, der du bist im Himmel; unser Vater, der du bist im Himmel …

Vater, Vater, Vater, sagte er lautlos vor sich hin. Was für ein hässliches Wort.

Und dann wusste er ganz plötzlich, dass er nicht in den

Park gehen, dass er sein Versprechen nicht halten würde. Denn obwohl er die Richtung nicht änderte und weiterhin darauf zuging, wusste er, dass er nie ankommen, dass ihn irgendwas daran hindern würde, je dorthin zu gelangen.

Er war schon fast da, als ihm einfiel, was es war; er begriff es und erinnerte sich, und er lächelte vor sich hin. Siehst du, sagte er sich, du wusstest, dass du nie dort ankommen würdest. Du hast es schon gewusst, als du dir das Versprechen gabst.

Dieses Etwas, das ihn innehalten und vom Weg abkommen ließ, war ein kleines Café, das sich so verstohlen in den Häuserblock schmiegte, als schämte es sich seiner Existenz. Schon viele Male war er daran vorbeigegangen, hatte es jedoch noch nie betreten.

Jetzt aber, lächelnd vor Verachtung und Dankbarkeit, ging er zielstrebig darauf zu, und die Tür aus dünnem Glas gab unter seiner Berührung widerstandslos nach. Der Raum war schmal und langgestreckt. Zwei alte Männer hockten reglos über große Kaffeetassen gebeugt am Tresen. Weiter hinten saßen zwei Hausfrauen in ihren Hausfrauenkleidern an einem Tisch und tuschelten sich über Orangensaft und Toast hinweg etwas zu. Er musterte sie skeptisch.

Er wischte Brotkrümel von dem schmutzigen Stuhlbezug, setzte sich an einen Tisch nahe am Eingang, langte nach der abgegriffenen Speisekarte und gab vor, sie zu lesen, gab es nur vor, da sich die Karte kaum entziffern ließ. Es war eine von der schreibmaschinengeschriebenen Sorte, sicher der vierte oder fünfte Durchschlag, von früheren Kunden oft genutzt und ziemlich fleckig. Er schnaubte leise und ließ sie auf den Tisch fallen.

Eine Kellnerin kam, schlurfte so unangemessen träge auf

ihn zu, als sammelte sie all ihre Energie für eine bevorstehende Tortur.

»Guten Morgen«, grüßte sie apathisch, und ihm schien, als hätte sie diese zwei Worte schon unzählige Male ausgesprochen und fände ihre Lautfolge mittlerweile unaussprechlich ermüdend. Ihr Stift schwebte über einem kleinen Notizblock.

Er starrte sie ausdruckslos an. Wie lange wage ich es, sie warten zu lassen, dachte er. Wie lange wird es dauern, bis sie sich rührt, weil es ihr zu unangenehm wird? Ihm war, als spielte er mit einer Maus.

Doch die Kellnerin stand wie zeitlos da und zeigte keinerlei Zeichen von Anspannung oder Unbehagen.

Schließlich sagte er sehr bestimmt und artikulierte seine Worte überdeutlich: »Ich möchte eine Tasse Kaffee und ein Ei – keinen Toast –, außerdem ein Fläschchen Tabasco.« Dann lehnte er sich selbstzufrieden zurück und erwartete, sie überrascht zu sehen.

Doch er wurde enttäuscht, denn keine Regung, keine Veränderung sprengte die gelangweilte Maske ihres Gesichtes. Lustlos flatterte ihr Stift über den Block, dann drehte sie sich wortlos um und schlurfte zurück in die Küche.

Nachdenklich blickte er ihr nach. Impertinenz, dachte er. Selige, unerschütterliche Impertinenz. Kein Kampfplatz. Er konnte nicht zum Geschäftsführer gehen (wie sah wohl der Geschäftsführer so eines Ladens aus?) und sich beschweren: Diese Frau ist impertinent. Sie wirkte kein bisschen überrascht, als ich ein Ei mit Tabascosoße bestellte. Feuern Sie die Frau. Das konnte er nicht sagen. Trotzdem war es über die Maßen impertinent. Einen Moment lang gab er sich der Vorstellung hin, ihr Arbeitgeber zu sein. Nur wenige wohlgesetzte, schneidende Worte, und diese armselige Gestalt würde vor ihm zittern und weinen. Eine letzte Warnung, Miss Speisekarte: Mr Maxley ist ein Gentleman und muss als solcher behandelt werden. Bestellt er das nächste Mal Ei mit Tabascosoße, werden Sie sich angemessen überrascht zeigen. Haben wir uns verstanden, Miss Speisekarte? Und, Miss Speisekarte – versuchen Sie die Spuren des gestrigen Gelages zu beseitigen. Das wäre alles, Miss Speisekarte. Sie können gehen.

Sein Gedankenspiel wurde abrupt unterbrochen, als die Kellnerin ihm einen Eierbecher hinschob und eine dampfende Tasse Kaffee danebenstellte. Sie kam ihm so nahe, dass er ihr Parfüm vom Abend zuvor deutlich riechen konnte, billig und dermaßen intensiv, dass der ekelhafte Frühstücksgeruch und die Küchendünste es nicht zu überdecken vermochten.

Er grunzte wichtigtuerisch und hantierte mit Messer und Gabel, bis sie ging. Dann richtete er sich auf, um sich ans Essen zu machen, hielt aber plötzlich fasziniert direkt über dem Ei wieder inne.

Aus dem angeschlagenen blauen Becher starrte ihn das Ei mit einem wissenden, bösen Auge an. Erst amüsierte ihn dieser Einfall, doch je länger er hinsah und das gelbe Auge zurückfunkelte, desto unbehaglicher wurde ihm. Er blinzelte mehrmals rasch hintereinander.

Trotzdem stierte ihn die gelbe Pupille stumpfsinnig aus fettigem weißem Rund an. Er langte nach dem Fläschchen mit Tabascosoße und goss einige Tropfen vom feurigen roten Saft darüber. Als sei das Ei mit einem Mal unerträglich gereizt, verfärbte sich das umgebende Weiß, wirkte erschreckend blutunterlaufen und formte ein Netz flüssiger, sich ständig verändernder Adern, die den leeren Blick auf nahezu beängstigende Weise verwandelten. Wie in großer Qual sah das Ei nun vorwurfsvoll zu ihm auf.

Nur mit Mühe wandte er den Blick ab, zwang seine Lider nach unten, um die Augen zu bedecken, und schüttelte energisch den Kopf. Er versuchte, über sich zu lachen. Diese Fantasien ... Warum ließ er zu, dass sie von ihm Besitz ergriffen? Es war doch nur ein Ei, ein simples Etwas, dabei hatte sein Vorstellungsvermögen (und es lag allein daran) ihn einen Moment glauben lassen ...

Als er nach der Kaffeetasse griff und sie an die Lippen führte, stellte er ein wenig überrascht fest, dass seine Hand zitterte. So gut es ging, unterband er das Zittern, indem er sich mit dem Ellbogen auf den Tisch stützte. Dann nahm er vorsichtig einen Schluck. Der Kaffee verbrannte ihm die Lippen, brannte an der Zunge und in der Kehle, aber er selbst fühlte sich besser. Er stellte die Tasse wieder ab und musterte erneut das Ei. Es wirkte nicht länger furchteinflößend; es war sogar lachhaft zu glauben, es hätte je furchteinflößend aussehen können, trotzdem konnte er es jetzt unmöglich essen. Das wäre unanständig, unsauber. Allein der Gedanke widerte ihn an.

Dann merkte er auf einmal, wie sehr ihn die Atmosphäre in diesem kleinen Café deprimierte. Er konnte das Geschirrgeklapper aus einem hinteren Raum hören, das leise Scharren von Füßen, die er nicht sehen konnte, das senile Murmeln der beiden am Tresen hockenden Alten, das mechanische Geplapper der tratschenden Hausfrauen und jene aberhundert anderen, unbestimmbaren kleinen Laute, die zum Alltag des Cafés gehörten. Und noch während er zuhörte, verschmolzen diese Geräusche zu einem primitiven, monotonen Rhythmus, der gegen seine Nerven anrasselte und ihn veranlasste, sich ruhelos auf seinem Stuhl zu bewegen. Von seinem Platz aus konnte er durch die Fensterscheiben des Cafés ins Freie schauen, und es kam ihm vor, als wären das Sonnenlicht draußen und das ihn umgebende Dämmerlicht hier drinnen zwei Widersacher, die einander mit gleich starken Waffen zu bezwingen versuchten, weshalb sie einander nichts anhaben konnten. Und er war in diesen Kampf verwickelt, obwohl er keine Lust hatte, darin verwickelt zu sein.

Es gelang ihm nicht, sich zu erinnern, warum er eigentlich an diesen Ort gewollt hatte. Irgendwie war es dabei um den Park gegangen. Richtig: Er war hierhergekommen und hatte deshalb keinen Spaziergang im Park machen können.

Und doch schien ihm, dass da noch etwas anderes gewesen war. Er hatte kein Frühstück gewollt, Hunger konnte es also nicht gewesen sein. Oder vielleicht doch? Vielleicht war es Hunger gewesen, ein Verlangen, das nichts mit seinem Körper zu tun hatte. Vielleicht war es das Verlangen nach dem Anblick eines von keinem Spiegel gerahmten Bildes gewesen, nach einem fremden Gesicht, das ihm funkelnden Blickes in die Augen schauen, nach einer Stimme, die wie ein Speer jene pralle, ihn umschließende Schale seiner Einsamkeit durchdringen würde. Das einzige Gesicht aber, das einzige Augenpaar und die einzige Stimme, die er gefunden hatte, gehörten einer schäbigen Kellnerin in verblichener grüner Uniform, die ihn nicht kannte, ihn nicht einmal wahrnehmen konnte, da er für sie nur ein Mund war, der Essen bestellte und Essen verschlang.

In seiner Qual vergaß er seine frühere Abneigung gegen die Kellnerin, seine Grobheit. Warum war sie nicht freundlicher gewesen? Warum hatte sie ihn nicht angelächelt? Warum hatte sie kein fröhliches Wort für ihn gehabt?

Schließlich seufzte er. Ach, na ja, dachte er. Ach, na ja.

Er durchsuchte seine Tasche, zog einen Geldschein heraus und ließ ihn lustlos auf den Tisch flattern. Dann erhob er sich. Seine Beine waren kraftlos, fast als wäre er eine weite Strecke gelaufen. Er stieß die Tür auf, blieb einen Moment auf dem Bürgersteig stehen und schaute mit zusammengekniffenen Augen zur Sonne. Er trottete über die Straße.

An der Ecke war eine Bushaltestelle mit einer Holzbank für wartende Passagiere. Wie ein nasser Sack ließ er sich auf die Bank fallen. Er sog feuchte Luft in seine Lungen und atmete wieder ruhiger. Er rührte sich nicht.

Lange saß er so da. Ein riesiger orangegelber Bus rumpelte die Straße entlang auf ihn zu und kam widerwillig zum Stehen. Arthur Maxley schaute ihn einen Moment lang an, die Augen glasig, der Blick leer. Der Fahrer schickte einen hörbaren Fluch in die bleierne Luft und setzte sein Vehikel verärgert wieder in Bewegung.

Arthur Maxley schüttelte den Kopf, als wäre er aus schwerem Schlaf erwacht. Mit den müden Bewegungen eines sehr alten Mannes stand er auf. Automatisch und ohne nachzudenken begann er, den Weg zurückzugehen, den er gekommen war, zurück in seine Wohnung.

Morgen, sagte er sich. Morgen halte ich mein Versprechen und gehe im Park spazieren. Da hatte er etwas zu tun. Vater unser, der du bist im Himmel, gib uns heute Morgen; Vater unser, der du bist im Himmel; Vater unser, der du bist; Vater unser …

Vater, dachte er, nur ein Wort.

SO ÜBERRASCHEND, DASS ER URPLÖTZLICH ausweichen musste, ragte das große, sandsteinerne Mietshaus vor ihm auf. Die Läden waren geöffnet, die Vorhänge beiseite gezogen worden, und wie leere Augenhöhlen starrten ihn die Fenster an.

Höhnisch blickten sie auf ihn herab, als er mit leicht angewiderter Miene die Stufen zur Tür hinaufging und das Haus betrat. Am Briefkasten blieb er stehen, um ihm einen schlanken Stapel Briefe zu entnehmen. Ohne sie weiter zu beachten, machte er sich auf das reinigende Bad im Dämmerlicht gefasst, auf das übliche Ritual des dunklen Treppenhauses.

Als er in sein Zimmer kam, fiel ihm auf, dass man während seiner Abwesenheit den Teppich gesaugt und die verstreuten Kleidungsstücke von den Stühlen fortgeräumt hatte. Die Tür, die Wohn- und Schlafzimmer verband, war diskret halb geöffnet, und er sah, dass man auch dort wieder Ordnung geschaffen hatte.

Zufrieden lächelnd zog er einen Sessel ans Fenster, richtete ihn sorgsam aus, sodass Sonnenlicht über seine Schulter fiel.

Gemächlich sah er seine Post durch, summte leise vor sich hin und verweilte bei jedem Brief, als fragte er sich, ob er ihn gleich öffnen oder für später beiseite legen sollte, wenn er die wichtigere Post gelesen hatte, sofern es denn welche gab. Eigentlich war seine Post immer gleich: Prospekte von Universitäten und Colleges, Rundschreiben von Buchklubs, einige Zeitschriften, unpersönliche Einladungen zu Konzerten und Vorlesungen, esoterische kurze Nachrichten von einer literarischen Gesellschaft, der er einmal angehört hatte – alles wie immer, regulär und den Erwartungen entsprechend.

Er seufzte tief und ließ zu, dass ihm die Briefe aus der Hand glitten und sich neben ihm auf dem Boden verstreuten. Dann starrte er die ihm gegenüberliegende Wand an, als versuchte er, sie mit seinen Blicken zu durchdringen. Er ließ den ereignislosen Vormittag Revue passieren und dachte leicht verdrossen an den Nachmittag, der darauf folgen würde. Mittagessen mit Stafford Long, am Nachmittag vielleicht ein Film, einige Drinks, dann zurück in die Wohnung, ein Buch, das er dann doch nicht lesen würde, noch ein paar Drinks und – alles wie immer, regulär und den Erwartungen entsprechend.

Ein behutsames Klopfen an der Tür. Er richtete sich so weit auf, dass er müde »herein« rufen konnte.

Die Tür schwang auf, in seine Richtung, und eine Hand schob sich durch die Öffnung, dann ein Arm. Ein Gesicht lugte ins Zimmer und flüsterte: »Mr Maxley? Sind Sie sehr beschäftigt? Kann ich hereinkommen?«

Er sprang aus dem Sessel auf. »Natürlich, Judy, natürlich!«, rief er. »Kommen Sie.«

Die Frau, die er Judy nannte und deren Haube schräg auf ihrem schmalen Kopf saß, hielt einen zerfransten Staubwedel (ihr ureigenes Emblem) in der Hand, kam herein und blieb vor ihm stehen.

»Nun, Judy«, sagte er gut gelaunt. »Wie geht es Ihnen heute Morgen?«

Sie befeuchtete ihre Lippen und lächelte. »Ich habe da was für Sie.«

Er lachte unbestimmt und rückte näher an sie heran. »Wirklich? Was denn?«

Sie lächelte erneut, diesmal noch breiter. Er sah zwei Zähne, der eine schwarz, der andere sehr gelb, Seite an Seite. Er wandte den Blick ab.

»Erst müssen Sie mir einen Vierteldollar geben.«

Ein Spiel, dachte er. Es ist ein Spiel.

»Ein Vierteldollar, ja? Ein Vierteldollar. Und wenn ich Ihnen keinen Vierteldollar gebe?«

»Dann gebe ich Ihnen auch nicht den – dann gebe ich Ihnen das hier nicht.«

Ihm fiel jedoch auf, dass sie beim Reden die Hand hinterm Rücken hervorholte und damit verriet, dass das Spiel zu Ende war. Er lachte kurz und ging auf sie zu, wenn auch nicht so schnell, dass sie nicht Zeit gehabt hätte, vor ihm zurückzuweichen.

Sie lächelte unsicher. »O nein, so nicht, Mr Maxley. Erst müssen Sie mir den Vierteldollar geben.«

»Muss ich?«, sagte er und lachte wieder ganz sinnlos. Einen Moment lang standen sie da und beobachteten einander. Dann stürzte er sich, immer noch lachend, auf sie, bekam sie an der Schulter zu fassen und zog sie unbeholfen an sich, achtete aber darauf, dass der ausgeübte Druck nicht stark genug war, um Arm und Hand hinter ihrem Rücken hervorzuziehen. Beide lachten mechanisch, fast unbeteiligt, während sie kurz miteinander kämpften. Judy wand sich in seinem behutsamen Griff, drängte sich an ihn und wich wieder zurück. Er hob den freien Arm und ließ den Handrücken nachlässig über ihre Brust streichen. War es nur Zufall, oder reagierte sie, entspannte sich kurz in seinen Armen? Er war sich nicht sicher. Um Gewissheit zu erlangen, lockerte er sehr plötzlich seinen Griff, und sie fiel aus seiner Umfassung gegen die Wand in ihrem Rücken.

Er spürte heftige Enttäuschung aufflammen, dann aber dachte er: Vielleicht war es die plötzliche Bewegung, vielleicht hatte sie gar nicht so rasch zurückweichen wollen. Er versuchte, die Antwort in ihren Augen zu lesen, konnte darin aber nichts erkennen. Sie stand vor ihm, noch derselbe Blick, dasselbe Lächeln im Gesicht, und sie wartete.

Doch er wusste, das Spiel war vorbei. Er schob eine Hand in die Tasche, fischte eine Münze heraus und ging zu ihr.

»Sie haben gewonnen, Judy«, keuchte er und gab sich erschöpfter, als er sich fühlte. »Sie haben gewonnen.«

Sie holte ihre Hand hinterm Rücken vor und zeigte ihm einen Brief. »Er kam heute Morgen, als Sie aus waren. Ich habe dem Boten einen Vierteldollar gegeben. Das war doch richtig so, nicht?«

»Absolut.« Er nahm den Brief, den sie ihm hinhielt, und stopfte ihn, ohne einen Blick darauf zu werfen, in seine Jackentasche. Er schnappte nach ihrer Hand, drängte ihr die Münze auf, schloss ihre Finger darum und massierte sanft, nachdrücklich die Haut um ihre Knöchel, als erwartete er, dass sie die Hand zurückziehen würde. Sie rührte sich nicht. Er fuhr sich mit der Zunge über die Lippen.

»Gibt es sonst noch etwas, das ich für Sie tun kann, ehe ich gehe?«, fragte sie leise. »Soll ich noch etwas putzen?«

Verzweifelt fragte er sich, ob dies ein Signal war.

Mit einem Mal aber kam es nicht mehr darauf an. Er war

wieder müde, ärgerte sich über sich selbst. Schämte sich und fühlte sich ein wenig krank. Er ließ ihre Hand los, ging zurück in die Zimmermitte, blieb mit gesenktem Kopf stehen und folgte mit den Blicken absichtslos dem Muster im Teppich.

»Nein«, sagte er. »Nein, alles ist in Ordnung, Judy. Alles sieht prima aus.« Er machte eine Geste, die seine Wohnung umfasste. »Danke.«

»Gern geschehen, Mr Maxley«, sagte sie und zog sich zur Tür zurück. »Sie können jederzeit …«

»Noch einmal danke«, sagte er, aber als er aufschaute, war sie verschwunden.

Er kehrte zu seinem Sessel am Fenster zurück und setzte sich. Mit dem Fuß versuchte er die fallen gelassenen Briefe zu einem akkuraten, ordentlichen Stapel zusammenzuschieben. Dann fiel ihm der Brief wieder ein, den Judy ihm gerade gebracht hatte. Er langte in die Jackentasche, zog ihn heraus und musterte ihn gleichgültig. Es war ein schlichter, schmaler weißer Umschlag. Vom Weiß hob sich sein Name ab, die Buchstaben aneinandergereiht mit kräftigem schwarzem Strich. Doch noch während er den Brief ansah, weiteten sich seine Augen. Schmerzhaft spürte er sein Herz. Wie mit schwerem Stock schlug es gegen die Trommel seiner Brust.

Mit Fingern, die vor nur mühsam unterdrückter Hast zitterten, zog und zerrte er an dem schmalen Kuvert, riss es fast in Fetzen, bis die Briefbögen schließlich nervös in seinen Händen tanzten.

Seine Kehle war heiß und trocken. Sein Atem ging hastig. Mehrfach musste er bei der Lektüre den Blick abwenden und einige Male blinzeln, ehe er sich wieder daranmachen konnte, die schwankenden Lettern zu entziffern.

»Lieber Sohn«, stand da. »Zuerst einmal muss ich Dich um Verzeihung dafür bitten, dass ich so lange nicht geschrieben habe. Allerdings vermute ich, Du weißt längst, was für ein erbärmlicher Briefschreiber ich bin. Die Arbeit nimmt so viel Zeit in Anspruch, dass es mir manchmal schwerfällt, einen Brief aufzusetzen.

Das Geschäft in Südamerika hat sich gut angelassen. Vielleicht war es dumm von mir, um die halbe Welt zu ziehen, aber wer will schon riskieren, dass sich niemand richtig ums Geschäft kümmert? Ich habe Dir aus Buenos Aires geschrieben, weiß aber nicht, ob Du den Brief je erhalten hast. Jedenfalls bekam ich keine Antwort.

Wir haben am zwölften, also vor zehn Tagen, in San Francisco angelegt. Eineinhalb Jahre Abwesenheit sind wirklich einfach zu lang.

Auch wenn Du nicht regelmäßig von mir gehört hast, hoffe ich, Du weißt, dass ich oft an Dich denke; und ich hoffe auch, dass die Schecks regelmäßig angekommen sind. Ich bat Masters, sie wöchentlich an Dich zu schicken, und er sollte Dich zudem wissen lassen, dass Du Dich jederzeit an ihn wenden kannst, wenn Du etwas brauchst. Ich hoffe, er hat beides zufriedenstellend erledigt.

Nun, ich sehe, ich bin gerade zur richtigen Zeit heimgekehrt – zu Beginn des Sommers. Es fühlt sich jedenfalls gut an.

Ich denke, ich werde etwa zwei Monate in Amerika bleiben, dann muss ich wieder los, diesmal nach Bombay. Unsere indische Filiale entwickelt sich nicht so gut, wie es zu erwarten gewesen wäre, und ich hoffe, einiges in Ordnung zu bringen. Die Aussicht, dorthin zurückzukehren, macht mir wenig Freude, aber wahrscheinlich ist es unumgänglich.

Ich bleibe noch einige Tage in der Stadt und bin im Regency abgestiegen. Wenn Du Lust hast, an einem Nachmittag dieser Woche mit mir zu essen, ruf mich an. Ich würde Dich gern wiedersehen und mit Dir reden.«

Unterzeichnet war der Brief mit: »Dein Vater, Hollis Maxley.«

Noch lange, nachdem er den Brief gelesen hatte, saß er reglos im Sessel, die maschinengeschriebenen Blätter zwischen den Fingern seiner Hand, die schlaff herabhing.

Warum musste er all das wieder heraufholen, fragte er sich. Es ist so lange her, seit ich mich erinnert habe.

Abrupt erhob er sich und schüttelte den Kopf, als müsste er dunkle, unwillkommene Gedanken verscheuchen. Unwillkürlich stellte er sich seinen Vater vor, wie er ihn vor fast drei Jahren zuletzt gesehen hatte. Allerdings sah er ihn nur bruchstückhaft vor sich, sein Bild nahm nicht vollständig Kontur an. Ein adretter grauer Anzug und eine breite, blasse Stirn, so viel konnte er aus dem Gedächtnis hervorholen. Der Rest war unklar und, wenn nicht vergessen, dann doch verwischt dank der notorischen Macht bewussten Wollens. Zudem schreckte er davor zurück, die Erinnerung an seinen Vater allzu intensiv heraufzubeschwören, denn in diese Erinnerung drängte sich ein anderes Bild, ein vertrauter Albtraum, seine Mutter im selben Zimmer, ihr Gesicht, das …

Ruhelos ging er auf und ab. Er faltete den Brief wieder zusammen und tippte sich damit in die offene Handfläche. Einen Moment lang fragte er sich, warum sein Vater nicht angerufen hatte, statt ihm einen Brief zu schreiben. Dann fiel es ihm wieder ein.

Es fiel ihm ein, und er lächelte grimmig, als er sich an jenen Winter erinnerte, den er in Boston verbracht hatte. Unter all den Jahren war es ein gutes Jahr gewesen: College, die Ablenkungen, die ihm das Sichgewöhnen an eine neue Lebensweise bescherten, neue Gesichter, Neues, was es zu lernen galt. Selbst hier und heute, in dieser fernen Wohnung an einem warmen Sommermorgen, vermochte er sich lebhaft an den Winter in Boston zu erinnern, an die reservierte Würde des Collegegeländes, an die alten, uralten Bäume und die strenge Unerbittlichkeit der Gebäude rund um den Hof. Durch den Trichter seiner Erinnerung wirbelte ein Inferno an namenlosen Gesichtern, unerkannt, vergessen, doch vertraut.

In Boston hatte es ihm gefallen, die trostlosen Tage folgten in steter, unaufgeregter Regelmäßigkeit aufeinander, jeder im Grunde genau wie der vorhergehende, ohne jegliche Andeutung von Veränderungen und in angenehmer, gedankenloser Monotonie. Es war eine unwirkliche Art von Leben, in dem er weder glücklich noch unglücklich gewesen war, in dem er weder gedacht noch je die Notwendigkeit zu denken gespürt hatte. Oft hatte er sich ausdrücklich gewünscht, dass sich sein Dasein niemals mehr ändern möge, dass er bis ans Ende seiner Tage in dieser immer gleichbleibenden Abfolge leben könnte.

Doch war der Tag gekommen, an dem es zu Ende gegangen war, an dem es abrupt, schmerzlich und auf unerträgliche Weise zu Ende gegangen war, wie bislang alles für ihn geendet hatte.

An jenem Tag hatte es geregnet. Er konnte sich deutlich daran erinnern, meinte fast wieder das allgegenwärtige Plätschern zu hören, Regen, der in feinen, feuchten Striemen niederging und unerbittlich die erstarrte Stadt grau färbte, die seine sanften Hiebe geduldig ertrug. Er selbst saß ruhig und geschützt in seinem Zimmer, ein fröhliches Feuer wärmte ihn, der seit Stunden schon bewegungslos in dem riesigen Rosshaarsessel saß und blicklos in die zuckenden Flammen starrte, gedankenlos und zufrieden in dieser warmen, luftarmen kleinen Welt.

Dann klingelte das Telefon, und das Geräusch fuhr ihm derart durch Mark und Bein, dass er überrascht und verschreckt vom Sessel aufsprang. Einen Moment lang blieb er stehen, wollte nicht drangehen, wollte nur zurück in den warmen Sessel am Feuer, zurück zu seiner gedankenleeren Kontemplation, die so rüde unterbrochen worden war. Doch beharrlich und schrill hatte das Telefon immer weitergeklingelt, sodass er wusste, er würde es nicht ignorieren können.

Er war durchs Zimmer gegangen, hatte den Hörer abgenommen und gesagt: »Maxley hier.«

Natürlich war sein Vater am Apparat gewesen. Heute konnte er sich ohne Scham und Bedauern, so als wäre es einem anderen passiert, an jenen Schock erinnern, der ihn befiel, als er diese vertraute, verhasste Stimme hörte. Irgendwie nämlich hatte der Ton, das Timbre – er wusste nicht genau, was es gewesen war – eine Saite in seiner Erinnerung angeschlagen, woraufhin ihn wie ein wildes Tier aus düsterem Dschungel ohne jede Vorwarnung das grausame Bild einer grausamen Szene angesprungen hatte. In seinem anonymen kleinen Zimmer hatte er mit einem Mal Vater und Mutter gesehen, wie sie sich gegenüberstanden, hatte eine Wiederholung jener grässlichen Szene erlebt, die er nie aus den dunkelsten Winkeln seines Gedächtnisses tilgen konnte; und sie war so real und ihm so nahe gewesen, dass sich ihm die Kehle schlagartig zugeschnürt und er laut geschrien hatte.

Er wusste noch, dass er entsetzt das Telefon von sich geworfen hatte, und erinnerte sich dunkel daran, die Hände vor die Augen geschlagen und wieder und wieder das eine Wort geschrien zu haben: *Mutter, Mutter, Mutter*, bis er in heiserem Delirium nach Luft ringend auf den Boden sank. Viel später hatte man ihn so gefunden, hatte verängstigt reagiert und nicht gewusst, was zu tun war. Also wurde sein Vater gerufen, und der reiste nach Boston, und dann waren da die Ärzte und die langen Stunden des Wartens gewesen … (nicht Stunden, sondern Tage, wie er später erfuhr) bis die andrängende Dunkelheit schließlich wich und er aufs Neue dem Bewusstsein, der Wahrnehmung ausgesetzt war. Seither hatte er seinen Vater nicht wiedergesehen; und ohne dass es ihm gesagt zu werden brauchte, wusste er, dass die Ärzte seinen Vater davor gewarnt hatten, den Sohn zu besuchen oder ihn erneut aufzuregen. Nur die wöchentlichen Schecks, die der Anwalt seines Vaters ihm zusandte, hatten ihn an dessen Existenz erinnert. Bis zu diesem Brief. Bis heute.

Und jetzt, drei Jahre später, saß er an einem warmen Sommertag in seiner Wohnung, lächelte ein wissendes Lächeln und verstand, warum ihn sein Vater nicht angerufen hatte.

Wieder schaute er auf den Brief. Dann zerknüllte er ihn und ließ ihn fallen.

Er ging ins Schlafzimmer und legte sich gänzlich angekleidet aufs Bett. Ruhe aber und das Vergessen, das er suchte, wollten nicht kommen. Im weichen Bett entspannte sich sein Körper, diese Entspannung jedoch stimulierte sein Hirn, regte die Erinnerung an. Er verlor jedes Gespür für seinen Leib, war nur noch Gedanke, Überlegung, eine körperlose Energie, die durch einen blinden Raum driftete.

Er lag auf dem Bett, und als käme er aus einer anderen Welt, fragte er sich, wie es sein würde, wenn er die rauchige Stimme wieder behutsame Worte sprechen hörte; er fragte sich, welche Erinnerungen, welche verdrängten Bilder sein Sehen und Hören heraufbeschwören mochten. Verhüllt von ungesagten Geheimnissen, von dunklem Vergessen – würde alles zurückkommen? Der winzige Lichtpunkt, der spitze Stich unterdrückter Erinnerung – würden die verschleiernden Schatten der Dunkelheit fortfallen und der Lichtpunkt zu einem blendenden Lichtspeer werden, der ihn aufriss, sich tief ins Fleisch seines Gedächtnisses bohrte?

Aus dem dämmrigen Trauma seiner Gedanken stieg allmählich ein überraschend scharfes Bild seines Vaters auf. Gerade eben noch war er nicht in der Lage gewesen, aus der verschleierten Erinnerung eine präzise Vorstellung heraufzubeschwören, doch nun begannen sich die verschatteten Umrisse zu füllen, gewannen an Schärfe und Kraft, sodass er nach und nach fähig war, die fast vergessene Gestalt und das Auftreten seines Vaters wieder vor sich zu sehen. Kleinigkeiten fielen ihm ein: seine rasche, zuckende Art zu lächeln, die Angewohnheit, sich auf die Oberlippe zu beißen, die breite, seltsam faltenfreie Stirn. Ein warmes Gefühl überschwemmte seine Trance, die Distanz hielt: eine merkwürdige Wärme, wie er sie seit langer Zeit nicht mehr für seinen Vater empfunden hatte.

Mit dieser ihn durchströmenden Wärme, die auch seinen Verstand entspannte, verließ er das Bett und durchquerte das Zimmer. Plötzlich wusste er, was er tun würde, was er tun musste. Und doch kam es ihm vor, als handele ein anderer Mensch, nicht er selbst.

Die Entfernung vom Bett zum Telefon schien ihm unendlich weit, und er legte sie – langsam, hilflos – schwebend zurück, schwerelos, außerhalb von Raum und Zeit.

Einen Moment lang beugte er sich über den Apparat, genoss den exquisiten Moment vor der Tat. Als er dann den Hörer aufnahm, stellte er verwundert fest, dass der ebenfalls nichts wog. Er leckte sich über die Lippen, hielt ihn sich ans Ohr, und nachdem er die Vermittlung um die entsprechende Nummer gebeten hatte, wartete er auf die Stimme.

»Das Regency? Ich möchte mit Mr Hollis Maxley sprechen.« Eine Pause. »Ja, ich warte.«

Ein Klicken. Stille. Jetzt war der Moment gekommen. Jetzt. Aber nein – es war wieder diese samtweiche fremde Stimme, die sagte: »Tut mir leid, Sir, aber Mr Maxley ist augenblicklich nicht im Haus. Möchten Sie eine Nachricht hinterlassen?«

Einen Moment lang wusste er nicht weiter. Er war sich so sicher gewesen, dass sein Vater im Hotel sein würde; er hatte nicht einmal die Möglichkeit in Betracht gezogen, dass er nicht dort sein könnte. Ihm fehlten die Worte.

»Sind Sie noch dran, Sir?«

Ah. Ja, er war noch dran. Doch. Konnte er eine Nachricht hinterlassen?

»Richten Sie Mr Maxley bitte aus, sein Sohn habe angerufen. Und ob Mr Maxley heute mit ihm zu Abend essen möchte. Ja. Im Regency, sieben Uhr. Ich treffe ihn im Speisesaal. Ja, das ist alles. Danke.«

Er spürte heftige Enttäuschung, als er den Hörer zurück

auf die Gabel legte. Er hatte sich vor der Stimme seines Vaters gefürchtet, als er sie dann aber nicht hörte, war er enttäuscht. Und mit der Enttäuschung kam die Angst; jetzt, da er den ersten Schritt gemacht hatte, fürchtete er sich wieder. Nun blieb ihm nur übrig, sich von der raschen Strömung davontragen zu lassen, nachdem er das stille Wasser in Bewegung gesetzt hatte.

Eine Weile blieb er sitzen, ohne sich zu rühren, zog die Stirn kraus und stierte blindlings auf den Boden. Dann erhob er sich, um nervös im Zimmer auf und ab zu gehen, knetete die Finger und wischte sich die feuchten Hände hinten an der Hose ab. Er zuckte die Achseln, ging ins Bad und öffnete den Medizinschrank überm Waschbecken, um nach der fast noch halb vollen Whiskeyflasche zu greifen, schloss die Schranktür wieder und betrachtete sich kurz im Spiegel. Dann zog er den Korken heraus und setzte sich die Flasche an die Lippen, hielt aber gleich darauf inne. Er suchte im Regal unterm Schrank, fand ein Glas und sah es sich genauer an. Es war beschlagen, ein wenig staubig, also drehte er die Wasserhähne auf, hörte, wie es plötzlich ins weiße Becken prasselte, wartete, bis das Wasser warm wurde, hielt das Glas in den Strahl und spülte es gründlich aus, erst heiß, dann kalt. Er drehte beide Hähne wieder zu, ließ den Whiskey aus der Flasche ins blanke Glas gurgeln, verkorkte die Flasche erneut und stellte sie zurück in den Schrank. Er musterte die Flüssigkeit im Glas. Ihn schauderte. Noch einmal erhaschte er einen Blick auf sich im Spiegel, ehe er die Augen schloss und den Alkohol in einem Zug trank. Er brannte, nahm ihm den Atem, und einen Moment lang musste er sich am Becken festhalten, weil er fürchtete, ihm würde übel. Mit einem letzten Schütteln schlug er die

Augen wieder auf und betrachtete dieses plötzlich fremde, neue Bild, das Gesicht eines Mannes, der sich eine Sekunde lang nicht wiedererkennt, die letzten Spuren einer immer noch um den Mund eingravierten Grimasse, die Augen blinzelnd, wässrig, leicht gerötet. Er wandte sich ab, ging zurück ins Schlafzimmer und sank aufs Bett. Er lag mit leicht angezogenen Beinen auf der Seite und schaute auf seine Hände, die er entspannt vor seinem Schoß gefaltet hielt, schaute und wartete auf das angenehme Summen in den Ohren.

VON DEN RÄNDERN SEINES BEWUSSTSEINS her setzte sich das Bild zusammen, um Form und Gestalt anzunehmen, so wie sich am klaren Himmel Wolkenberge sammeln und verschieben, um an ein einst vertrautes, nie vergessenes Gesicht zu erinnern.

Er musste fast eingeschlafen sein, denn der Gedanke an das Foto traf ihn mit geradezu physischer Wucht, sodass er vom Bett aufschreckte und in die Zimmermitte lief, ehe ihm völlig bewusst war, dass er sich bewegte.

Dann wurde ihm klar, dass er geträumt haben musste. Eigentlich hatte er seit vielen Monaten nicht mehr an das Foto gedacht, hatte erfolgreich vermocht, es zu vergessen. Jetzt aber stürzte die Erinnerung auf ihn ein wie eine Flut, die zu lange aufgestaut und zurückgehalten worden war, wodurch sie schrecklich an Kraft und Wucht gewonnen hatte. Wie ein gewaltiger Schlüssel hatte der Brief seines Vaters nun den Damm geöffnet, sodass der Sohn von einem wilden Wirbel mitgerissen wurde.

Er taumelte ins Bad, spritzte sich eine Handvoll kaltes Wasser ins Gesicht und hoffte, die vertraute Geste könnte die verstörende, halb geträumte Erinnerung verscheuchen.

Als er zurück ins Schlafzimmer kam, achtete er sorgsam darauf, dass sein Blick nicht auf jene Kommode fiel, in der, wie er wusste, das Foto in der unteren Schublade lag, in Seide gehüllt, vor seinen Augen geschützt. Sein Nicht-zur-Kommode-Schauen war ein bewusstes Ignorieren und weit schwieriger, als er es für möglich gehalten hätte. Wie er so in einer Ecke stand, war ihm, als würde die Kommode größer und größer, bis sie ihn aus dem Raum zu verdrängen drohte. Selbst wenn er im Gehen den Blick strikt auf den Teppich gerichtet hielt, konnte er aus dem Augenwinkel noch den rechteckigen Umriss dieses eichenen Dämons wahrnehmen.

Er zog einen Stuhl aus der Zimmermitte vors Fenster und setzte sich, aber auch das half nicht, denn wenn er nach draußen ins Grün starrte, schwoll dieses Gebüsch an, änderte seine Farbe und nahm die Gestalt und Beschaffenheit ebenjenes Fotos an, das er zu ignorieren versuchte. Und wenn er die Augen vor dieser trügerischen Szene schloss, drängten sich in das so entstandene Dunkel erste Spuren eines formlosen Lichts, Spuren, die sich zu einer Masse zusammenballten und sich anschließend zu einer präzise geformten Gestalt fügten, bis er zuletzt gegen seinen Willen wieder die Kommode sah.

Zuletzt seufzte er, stand auf, und sein Scheitern trieb ihn durchs Zimmer. Wie zur Einweihung eines Schreins kniete er sich auf den Boden und zog die unterste Schublade auf, griff hinein, schob den Wäschestapel beiseite und tastete mit den Fingern umher, bis er gegen das harte Rund des in Seide gehüllten Porträts stieß. Sanft befreite er das Bild aus den umliegenden Kleidern, beförderte es ans Tageslicht und stolperte durchs Zimmer, bis seine Knie den Sessel fanden. Zögerlich, fast, als befürchte er sich vor dem, was er zu sehen bekommen würde, entfernte er die seidene Hülle. Das

Foto lag mit der Unterseite nach oben auf seinen Knien. Behutsam faltete er das Tuch zusammen und legte es auf den Tisch.

Ihm fiel auf, dass die Rückseite des Elfenbeinrahmens erste feinste Risse zeigte. Mit bebenden Händen hob er das Bild auf und drehte es um, sodass er das fotografierte Gesicht anschauen konnte.

In den Fingerspitzen setzte ein vertrautes Kribbeln ein, fuhr die Arme hinauf, dann in jeden Teil seines Körpers, kam und ging in raschen, unregelmäßigen Wellen. Ihm wurde bewusst, dass er den Atem angehalten hatte, also stieß er die aufgestaute Luft aus den Lungen und atmete langsam, mit Bedacht und so behutsam, wie er nur konnte.

Er hielt das Gesicht einer Frau in den Händen. Ihr Haar, fein wie Nebel, schlang sich in einem stillen Kranz um den Kopf. Es war ein durch und durch schönes Antlitz, und der Fotograf hatte (vielleicht ohne es zu wollen) in diesem Gesicht etwas Seltenes, Flüchtiges eingefangen, das sich nur schwer benennen ließ. Vom spröden Papier starrten ihm die Augen gehetzt entgegen, ein intensiver Blick, doch sanft, ohne sich abzuwenden, und eigentlich unbeschreiblich. Die feine Adlernase, die Nüstern leicht gebläht über breiten Lippen, die sich sacht zu einem nur angedeuteten, so spöttischen wie zärtlichen Lächeln verzogen.

Eine Weile konnte er dieses Bild nur anstarren, fühlte nichts, erinnerte sich an nichts.

Dann, viel später, als das Denken wieder einsetzte, hob er den Blick und schaute aus dem Fenster. Und während er schaute, verschwand der brutale Glast des Pflasters. Vor ihm waren keine hässlichen Häuserreihen mehr zu sehen, keine störenden Aufstülpungen der Stadtlandschaft.

Sein Blick wanderte an diesen Dingen vorbei direkt in den blauen Dunst verlorener Zeit. Und während er so reglos dasaß, führten seine flinken Finger ihr eigenes Leben, umklammerten das Bild, streichelten es sanft und erkundeten jede noch so kleine Feinheit.

Verstand und Erinnerung erlaubten es ihm, in der Zeit zurückzuwandern: Wo die Zeit verloren schien, dort konnte er bleiben, jetzt, wenn auch nur für einen Moment, für den Bruchteil eines der Gegenwart entrissenen Augenblicks. Wo genau in der Zeit? Es gab da einen Moment, an den er sich zu erinnern vermochte. Im Schlaf kam er ihm manchmal, stahl sich auf leisen Sohlen in der Dunkelheit heran, kam und verschleierte jenen Teil von ihm, der im Jetzt verharrte. Dann drang in jenen schlafenden Teil, seinen anderen Teil, eine goldene, kraftvolle Wärme, die ihn zurück in einen Traum versetzte, der ihm wirklicher als die Unwirklichkeit seiner momentanen Existenz vorkam.

Verlorene Zeit, dachte er, das ist die beste Zeit des Lebens. Die Zeit des Sommers, in der schillerndes Licht die Blätter der Bäume verwebt. An seine Kindheit dachte er stets wie an eine nie enden wollende Sommerzeit, in der ihm träges Glück Hirn und Glieder betäubte und entzückte. Die Erinnerung an den Sommer, daran, durch hohes Gras zu laufen, an Sonne, die ihm Arme und Beine zu erdigem Braun badete. Er war vollkommen, sich seiner unbewusst, und so fühlte er sich auch an diesem Nachmittag: Das Haus stand weiß, hoch und fern auf dem Hügel, zu dem die kiesbestreute Auffahrt führte wie eine achtlos auf den Rasen fallengelassene Schleife, jene Auffahrt, über die er gelaufen war, daneben der Garten, in dem er auf duftenden zerdrückten Blumen gelegen hatte. Und weit fort, doch nicht zu weit, das Glucksen des kühlen Baches. Gras wuchs an seinem Ufer, und an einer bestimmten Stelle, einer verschwiegenen Stelle, war das Laub beiseite gedrückt, niedergedrückt in schmaler Länge, nicht so schmal wie ein Grab, nicht so schmal, dass man allein dort liegen sollte. Und an den meisten Sommertagen, aus denen seine Kindheit bestand, hatten sie, ehrfürchtig und stumm, dort gelegen und dem Wispern des kühlen Wassers gelauscht, sich in der Sonne geaalt, sein Strubbelkopf an ihrer Brust, sein heißer kleiner Körper in der Beuge ihres schweißfeuchten Arms. Sie hatten gemeinsam geatmet, ehrfurchtsvoll, sich beide des Atems der Erde bewusst. Und warm und verschlafen hatte er sich auf dem Erdboden gedreht und mit verlorener Stimme gefragt: »Mutter, wohin fließt das Wasser?«, und das Wunder ihrer Antwort: »Ins Meer, fort ins Meer …«

Selbst hier und jetzt, in der lähmenden Gegenwart, hörte er diese Stimme wieder, ihre geschmeidige Kadenz gleich einem Geist, der die Kluft der Jahre überwand. Der Klang war undeutlich, kam von weit her, und hörte sich dennoch so lebhaft an, so lebenssprühend, so deutlich wie an jenem lang vergangenen Sommernachmittag.

Er dachte daran zurück, wie kühl und freundlich das Haus ihn nach dem Herumtollen in der Nachmittagshitze empfangen hatte. Fast konnte er wieder die weiche Umarmung des Sofas spüren, auf dem er angenehm erschöpft ruhte, meinte seine Mutter zu sehen und zu hören, wie sie am Klavier saß und ihm vorsang, so wie sie ihm an jedem Abend vor dem Zubettgehen vorgesungen hatte.

Er dachte an die schwülen Nächte, wenn er im Bett gelegen und aus dem sternenübersäten Fenster geschaut hatte, wenn er die Augenblicke abgewartet und gezählt hatte, jene so ekstatischen Augenblicke des Wartens. Von unten hatte er die gedämpften Glockenschläge der Uhr gehört, wie sie durch das Gewölbe der Dunkelheit hallten, und hatte mit einem kindlichen Gefühl des Staunens gewusst, dass sie aus dem hell erleuchteten, ihm unzugänglichen Raum unter seinem Schlafzimmer kamen. Und mit den Glockenschlägen begann der exquisite Schmerz.

Vor seinem inneren Auge hatte er dann gesehen, wie seine Mutter nach oben ging, wie sie die Treppe emporstieg. Jetzt ist sie auf dem ersten Treppenabsatz, sagte er sich; jetzt versinken ihre Füße im tiefen Läufer der letzten Stufe; jetzt ist sie auf dem Flur. Und dann wurde die Erwartung so groß, dass er nicht anders konnte, als den Bettrahmen zu umklammern und die Lippen aufeinanderzupressen, damit er nicht sichtlich zitterte und laut aufschrie.

Der schwierigste Moment war jener, wenn sie sanft die Tür berührte, um dann leise hereinzukommen. Angesichts ihrer nahenden Anwesenheit brauchte er alle Standhaftigkeit, die sein junger Geist besaß, um sein promptes Vergnügen nicht hinauszuschreien, aufzuspringen, ihr entgegenzulaufen und die Arme um sie zu schlingen. Aber nein, er musste sich benehmen, musste still liegen und zu ihr hoch lächeln, während ihm das Herz wild in der Brust wummerte. Er hatte gelernt, dass er in diesem heikelsten aller Augenblicke abwarten musste, in welcher Stimmung sie war.

Manchmal legte sie die Arme um ihn, streckte sich neben ihm aus, zerzauste sein Haar und flüsterte ihm zu. Bei anderen Gelegenheiten wirkte sie abgelenkt, abwesend, nicht ganz bei ihm. Dann drückte sie ihn nur kurz an sich und murmelte Unzusammenhängendes; die seltensten Momente aber – für ihn die verblüffend schönsten – waren jene, wenn sie wie ein weißer Engel ins Zimmer schwebte, sich neben ihn setzte, ihn sanft umarmte, wenig redete und mit großer Zärtlichkeit und Ruhe sein erwartungsvolles, vom Mondlicht gebadetes Gesicht betrachtete. Wenn dies geschah, fürchtete er fast, sich zu rühren, da die leiseste Berührung diese wortlose Stimmung wie Kristall zerspringen lassen konnte.

Immer aber gab es einen Gutenachtkuss.

Sie ließen sich damit Zeit. Und wenn sich ihre Lippen von seinem Gesicht lösten, blieb er so liegen, die Augen geschlossen, um die Mundwinkel ein unbewusstes Lächeln. Dann spürte er noch, wie ihre Hände sorgsam das Kissen unter seinem Kopf richteten, wie sie die Decke über ihm zurechtzogen. Mit einem letzten zärtlichen Klaps verließ sie ihn schließlich so leise, wie sie gekommen war. Er öffnete die Augen nicht wieder, auch nicht, um sie fortgehen zu sehen. Bis er einschlief, blieben die Lider geschlossen, damit er ihr Bild, eingraviert in seinen Geist, leichter durch die lange Nacht bewahren konnte, auf immer und solange er lebte.

Das ist die beste Zeit im Leben, dachte er erneut: Wenn man noch sehr jung ist, wenn das Leben einfach scheint, eine vollkommene Abfolge goldener Augenblicke.

Lange blieb er auf dem Stuhl sitzen, starrte aus dem Fenster und erinnerte sich an jene Tage. Sein Blick konnte jetzt erste Umrisse der realen Welt erkennen. Er sah, dass das Dunkel schwand, dass die Gebäude die Avenue dort unten nicht länger verschatteten. Er seufzte hörbar und schaute auf seine Uhr. Zwölf Uhr.

Ein leichter Widerwillen regte sich, als ihm seine Verabredung mit Stafford Long einfiel.

Eine Stunde, um zu baden und sich umzuziehen. Eine Stunde, um sich auf Stafford Long vorzubereiten. Er lächelte lustlos. Er dachte an Stafford, konzentrierte sich darauf, an Stafford zu denken. Solange er an Stafford dachte, erinnerte er sich nicht an seinen Vater, an die Qual, die ihn am Abend erwartete.

Pfeilschnell sprang er von seinem Stuhl auf und hastete durchs Zimmer. Er legte das Foto wieder zurück an dieselbe Stelle, in dasselbe Seidentuch eingeschlagen. Dann ab ins Bad. In der Dusche schlug das Wasser einen prasselnden und wohlgefälligen Trommelwirbel auf die Bodenfliesen.

DIE BLASSROSA TÜR SCHWANG NACH innen, sobald er sie aufdrückte, und er folgte ihrer Bewegung, trat einen Schritt zur Seite, und die Tür konnte ungehindert mit einem wischenden Geräusch zurückschwingen und die strahlende Helligkeit der äußeren Welt durchschneiden. Er schloss die Augen, verharrte so einen Moment und gewöhnte sich an die Dunkelheit. Dann öffnete er sie wieder und sah jetzt ein wenig besser. Also stolperte er zu einem Barhocker und machte es sich am glänzend polierten Tresen bequem.

Sich und die anderen am äußeren Rand dieses Halbkreises hielt er für Publikum; die Kellner waren Schauspieler, die vor einem Bühnenbild aus reiner Form agierten, einem Arrangement aus Zylindern, Würfeln und Kugeln. Cézanne und sein Prinzip der Reduktion. Aber ob der Maler *dies* damit gemeint haben konnte?

Er gluckste lautlos.

Einer der Schauspieler trat vor, weihte mit seinem feuchten Tuch den Bereich am Tresen ein, der nur ihm zugedacht war, um nach höflicher Pause und mit einem Heben der Brauen zu fragen, was er wünsche.

Amüsiert erwiderte er: »Martini. Trocken.«

Er verfeinerte seine vorherige Annahme von Publikum und Schauspieler: Dies war ein episches Drama, in dem Publikum und Schauspieler die Rollen tauschten, in dem die

Bühne von einer Guckkastenbühne zur Arenabühne wurde, um sich erneut zurückzuverwandeln, und jede Gruppe erfüllte wechselnde Aufgaben.

You won't be satisfied until you break my heart …

Eine Münze war dafür verantwortlich. Aha, dachte er, Drama mit Musik.

Er fasste mit Daumen und Zeigefinger den dünnen Stiel, zwirbelte behutsam das Glas, hob es an die Lippen und trank. Er lächelte unsichtbar, kaute seine Olive und hörte der Musik zu.

Sobald das Lied vorbei war, schaute er auf die Uhr. Stafford kam wieder einmal zu spät, ganz wie er es erwartet hatte. Er gab dem Kellner ein Zeichen, deutete auf sein leeres Glas und grub sich noch ein wenig tiefer in seine veränderte Wahrnehmungswelt, schmiegte sich noch etwas enger in seine ureigene Dunkelheit und wartete.

Im Großen und Ganzen, dachte er, tun wir doch nichts anderes: Wir warten auf Leute, oder wir lassen Leute warten.

Er meinte darin einen Sinnspruch zu erkennen, der ihm vage vertraut vorkam, doch passte er zu seiner Fantasie, also lächelte er, ließ ihn sich erneut durch den Kopf gehen und wiederholte ihn in Gedanken noch einmal.

Gerade als er seinen Cocktail ausgetrunken hatte und sich daranmachte, mit präzisem Biss die Olive vom Zahnstocher zu pflücken, spürte er eine sanfte Hand auf seiner Schulter, eine Hand, die irgendwie streicheln konnte, ohne sich zu bewegen. Ein Ausdruck leichten Ekels huschte über sein Gesicht, während er sich auf seinem Hocker umdrehte und dabei wie zufällig die Hand von der Schulter streifte.

»Du kommst spät«, sagte er.

Stafford Long musterte ihn mit einem sanften, rätselhaften Lächeln, so als verfüge er über unendliche Weisheit. Arthur hatte lange gebraucht, die tiefe Leere hinter dieser Miene zu entdecken.

»Ach, das tut mir schrecklich leid, Arthur«, sagte Stafford Long. »Ehrlich. Aber heute Morgen ist wirklich etwas Abscheuliches geschehen, worüber ich mich schrecklich aufgeregt habe. Das hat meinen ganzen Tag durcheinandergebracht. Völlig durcheinander, und das meine ich genauso, wie ich es sage.«

Arthur seufzte. »Was ist denn passiert?«

»Hach, das kann ich dir jetzt nicht sagen. Auf keinen Fall, später vielleicht. Es war entsetzlich.« Er schauderte demonstrativ.

»Möchtest du einen Drink?«

Stafford legte den Kopf schief und musterte ihn mit tugendsamem Blick. »Also ehrlich, Arthur. Wie verträgst du das nur? Es ist noch so *früh*. *Rebelliert* da nicht dein Magen? Hast du keine Angst vor einem *Magengeschwür*? Ich habe gehört, dass Alkohol vor Sonnenuntergang unweigerlich zu einem Magengeschwür führt.« Beim Klang des vorletzten Wortes verzog er angewidert die Lippen.

Arthur zuckte die Achseln, wandte sich von ihm ab und gab dem Kellner erneut ein Zeichen.

»Ach, jetzt komm, lass uns von hier verschwinden«, fuhr ihn Stafford an. »Dieser Laden ist scheußlich.«

Arthur runzelte die Stirn und wünschte sich, Stafford mit seiner hohen, affektierten, unverwechselbaren Stimme würde nicht so laut reden. Ihm fiel auf, wie ein Paar zu seiner Linken herübersah und sich dann rasch abwandte, um ein spöttisches, amüsiertes Grinsen zu verbergen.

»Na schön«, sagte er zu Stafford. »Na schön«, wiederholte er noch einmal barsch, drängte sich an Stafford vorbei und ging zu der mit einem Vorhang abgetrennten Tür, die in den Speiseraum führte.

Stafford aber rührte sich nicht vom Fleck. »Arthur!«, rief er ihn im Singsang beim Namen. »Arthur, wo willst du denn hin?«

Er biss die Zähne zusammen, drehte sich um, sah ihn an und sagte beherrscht in möglichst gelassen amüsiertem Ton. »Wohin? Na – in den Speiseraum natürlich. Und jetzt komm.«

»Nein!«, rief Stafford bockig. »Ich geh da nicht rein. Das Essen ist *grässlich*. Das weiß ich genau. Außerdem ist es da drinnen nicht einmal *sauber*!«

Für die, die vielleicht zuhörten oder zuschauten, setzte er ein Lächeln auf, dann ging er dahin zurück, wo Stafford stand.

»Schluss damit«, flüsterte er angespannt durch die verzogenen Lippen. »Hör auf, dich so aufzuführen.«

»Aber Arthur, ich kenne schönere Lokale. *Viel* schönere.«

»Glaub ja nicht, du könntest mich überreden, in eines *deiner* Lokale zu gehen. Ich weiß genau, wie die sind. Und ich habe dir schon mal gesagt, dass ich mit so etwas nichts zu tun haben will.«

Stafford sah ihn mit großen Augen und verletztem Blick an. »Arthur!«, sagte er vorwurfsvoll. »Arthur.«

»Und mach nicht so ein Theater. Du weißt, dass ich das nicht mag.«

Staffords Unterlippe zitterte, seine Augen wurden feucht. »Wie kannst du nur so etwas sagen, Arthur? Macht es dir Spaß, meine Gefühle zu verletzen? Ja? Es gibt nichts, wofür ich mich schämen müsste. Und ich möchte, dass du das weißt.«

»Stafford, halt den Mund!«, flüsterte er wütend.

»Du verstehst das nicht, oder?«, fuhr Stafford tapfer fort. »Wenn du es nämlich verstehen würdest, dann würdest du nicht …«

Arthur seufzte müde. »Na gut, na gut. Ich entschuldige mich. Für alles. Aber willst du den ganzen Nachmittag hier stehen bleiben und reden, oder sollen wir reingehen und essen?«

»Wie du meinst«, erwiderte Stafford. »Ganz wie du meinst, ich komme mit. Auch wenn ich weiß, dass mir das riesige Verdauungsprobleme bescheren wird.«

Während er Stafford Long durch den Flur folgte, sah er seine eigene Lage durchaus amüsiert und mit überraschender Klarheit. Er hatte sich schon oft gefragt, warum er sich mit Stafford abgab, und er hatte darauf nie eine Antwort gefunden. Freundschaft war es nicht; niemand konnte mit Stafford befreundet sein. Er kannte auch kein Mitgefühl für Menschen seines Schlages. Seine Perversion stieß ihn ab, und es gab Zeiten, da spürte er ein deutliches Missfallen, gar so etwas wie Gehässigkeit gegen ihn. Mitleid aber war es auch nicht, denn es gab Momente, in denen er ihn wissentlich um seine Oberflächlichkeit beneidete, die sich bis zur Unverwundbarkeit auswachsen konnte.

Vielleicht lag es daran, dass er unter allen Leuten, die er kannte, nur bei Stafford keine Notwendigkeit spürte, sich anbiedern zu müssen. Stafford fand sich einfach mit ihm ab, so wie er sich mit jedem abfand, er akzeptierte ihn, aber nur für den Augenblick. Was davor lag oder was danach kam, spielte dabei keine Rolle. Ihre Freundschaft (falls es denn doch Freundschaft war) wurde bei jeder Begegnung aufs Neue geboren und erlitt an deren Ende stets einen abrupten, schmerzlosen Tod.

Sie fanden einen Tisch. Ein gestresster Kellner knallte Wassergläser vor sie hin und wartete auf ihre Bestellungen. Rasch und gleichgültig wählte Arthur aus, Stafford aber war unentschlossen, zögerte bei jedem Gericht und stellte dem Kellner zahllose Fragen, die der ignorierte oder ungeduldig beantwortete; außerdem holte er zu jedem Angebot Arthurs Rat hinsichtlich Qualität, Preis und Verdaulichkeit ein.

Ohne durstig zu sein, nippte Arthur am Wasser. Nach dem Martini schmeckte es fad, und es war nicht besonders kalt. Dann musterte er Stafford mit abwesendem Blick, während dieser ihm eifrig zublinzelte und mit strahlendem Lächeln zu ihm herübersah.

Arthur reagierte amüsiert. Er entschied sich für Freundlichkeit, Banalität.

»Nun – wie ist es dir so ergangen, Stafford?«

»Ach, frag mich nicht!«, rief Stafford. »Bitte nicht. Alles ist einfach entsetzlich. Keine Hoffnung auf Überleben. Nicht die mindeste.«

»Wie schade.«

»Also frag mich lieber nicht.«

»Auch gut.«

Stafford brütete einen Moment. »Und der Höhepunkt, der entscheidende Schlag kam heute Morgen.«

»Ach ja?«

»Widerwärtig. Ich kann gar nicht drüber reden.«

Arthur sagte nichts. Nach einer weiteren dramatischen Pause redete Stafford weiter.

»Es war wieder dieser Evartz. Ehrlich, Art, ich habe keine Ahnung, wie du es mit diesem Mann aushältst.«

»Ich dachte, du magst Max? War er letzte Woche nicht noch der ›feinsinnigste Mensch‹, den du je kennengelernt hast?«

»Da ist die Begeisterung mit mir durchgegangen«, erwiderte Stafford. »Eine falsche Begeisterung. Ich bin durchaus bereit, dir zu gestehen, dass ich mich geirrt habe.«

Arthur zuckte die Schultern.

»Weißt du, was er zu mir gesagt hat?«, fragte Stafford.

Er schüttelte widerstrebend den Kopf.

»Er hat mich«, flüsterte Stafford und beugte sich dabei ein wenig vor, »er hat mich eine *verdammte kleine Schwuchtel* genannt! Und er hat gesagt, ich soll aus seinem Haus verschwinden und *nie* wiederkommen.« Nachdem er das verkündet hatte, lehnte er sich triumphierend zurück. »Also, wie findest du das? Ist das nicht das Schlimmste, was ein *gebildeter* Mensch nur sagen kann?«

Arthur schwankte unbehaglich zwischen Lachen und Mitleid.

»Ich finde, jedermann sollte wissen, was für ein Mensch er ist«, erklärte Stafford. »Ich werde diese Geschichte allen meinen Freunden weitererzählen. Das wird sich rumsprechen, verstehst du? Das wird sich ganz bestimmt rumsprechen.«

Die Unentschlossenheit verschwand, Arthur schämte sich plötzlich für ihn und hatte Mitleid mit ihm. »Lass es, Stafford«, sagte er.

»Wie?«

»Vergiss es einfach.«

»Das werde ich nicht«, fauchte er. »Ich lasse mich ganz

bestimmt nicht davon abbringen. Die Leute sollen es erfahren.« Dann hielt er inne und schaute Arthur misstrauisch an. »Versuchst du etwa, ihn zu beschützen? Willst du darauf hinaus?«

Arthur lachte nur kurz und sagte dann nichts mehr. Ihre Gerichte wurden aufgetragen, und sie begannen zu essen. Stafford schwatzte, jammerte und posierte während der gesamten Mahlzeit, sein Reden eine morbide Sinfonie mit einem monoton wiederkehrenden unmelodischen Thema. Als sie nach einer Weile ihre Zeit bei einer Tasse Kaffee vertrödelten, verfiel Stafford in ein tiefes Schweigen, weshalb Arthur, irritiert von der plötzlichen Stille, zu ihm aufsah und gerade noch den Ausdruck verschlagener Berechnung auf Staffords Gesicht erhaschte; der Ausdruck war aber so flüchtig, dass er sich vielleicht geirrt hatte. Sofort wurde er vorsichtig.

»Nun, was ist los?«, fragte er.

Stafford sah ihn mit großen Augen unschuldig an. »Wieso? Ich weiß gar nicht, was du meinst, Art.«

»Ich kenne diesen Blick. Was willst du?« Arthur lächelte verächtlich.

Staffords unschuldige, fragende Miene erstarrte. Er blinzelte mehrmals. Arthur wusste, dass er sich überlegte, wie er vorgehen solle. Die Unschuld verschwand und wich einem neuen, selbstbewussten Gesichtsausdruck, als er sich nun entspannt über den Tisch vorbeugte.

»Dich kann niemand zum Narren halten, nicht wahr, Arthur? Es war dumm von mir, es überhaupt zu versuchen.« Er hielt inne, wandte den Blick ab und schaute bekümmert ins Leere. »Es ist alles so schrecklich, so entsetzlich«, sagte er schließlich. »Tag um Tag um Tag. Nichts. Es ist unfassbar.«

Er bebte. »Manchmal, weißt du, da frage ich mich: ›Warum? Warum machst du weiter?‹ Und weißt du«, flüsterte er, »weißt du, was mir solche Angst macht? Ich sage es dir. Ich weiß keine Antwort. Ich kenne die Antwort auf meine eigene Frage nicht. Fürchterlich.«

Er wartete auf ein mitfühlendes Murmeln, aber Arthur gab keinen Laut von sich.

»Ich muss von hier weg«, sagte Stafford dann. »Ich muss etwas aus meinem Leben machen, einen Sinn finden. Und, Arthur«, fuhr er langsam, nachdrücklich fort, »Arthur, du musst mir dabei helfen.«

»Ich wüsste wirklich nicht, was ich da für dich tun könnte …«, begann Arthur vorsichtig.

Mit einem Mal gab Stafford sich geschäftsmäßig und kompetent. »Es ist alles ganz einfach«, erklärte er. »Ich möchte bloß, dass du mir fünfhundert Dollar gibst.«

»Fünfhundert Dollar?«

»Ja.«

Arthur sah ihn ruhig an. »Stafford«, sagte er dann sanft, »fünfhundert Dollar, das ist …«

»Nur als Darlehen«, unterbrach ihn Stafford rasch. »Du bekommst alles zurück. Jeden Penny.«

»Stafford, tut mir leid, aber …«

Aufgebracht sah Stafford ihn an. »Hast du Angst, du bekommst dein Geld nicht wieder? Ist dir mein Wort nicht gut genug? Geht es darum?« Seine Stimme kippte mitten im Wort ›darum‹.

Arthur trommelte mit den Fingern auf den Tisch, zügelte seine Ungeduld. »Ich habe nicht einmal angedeutet, dass ich dein Wort anzweifle oder Angst hätte, das Geld nicht zurückzubekommen. Wofür brauchst du es überhaupt?«

Stafford lehnte sich eingeschnappt in seinem Sessel zurück und vermied es, Arthur anzusehen. Eine leichte Röte überzog seine Wangen.

»Ich will eine Druckerpresse kaufen.«

Ein Lachen sprudelte in Arthurs Kehle auf. Aus unerklärlichem Grund sah er vor seinem inneren Auge, wie Stafford Long vor einer Spielzeugpresse kniete.

Die Röte auf Staffords Wangen wurde dunkler. »Was gibt es da zu lachen?«, fragte er trotzig.

»Ich lache nicht, nicht richtig jedenfalls«, kicherte Arthur. »Aber so, wie du es gesagt hast, da habe ich mir einen Moment lang … Was um alles in der Welt willst du mit einer Druckerpresse?«

Stafford schob sich an den Rand seines Sessels vor und erklärte voller Begeisterung: »Ich habe alles genau geplant. Ich borge mir diese fünfhundert von dir und dazu noch ein bisschen Geld von ein paar anderen Leuten, die ich kenne, um mir eine Handpresse zu kaufen – oh, ich weiß genau, wo ich eine bekomme –, und dann ziehe ich nach Carmel in Kalifornien und gebe Lyrik heraus.«

Fasziniert starrte Arthur ihn an und wiederholte verblüfft: »Du willst Lyrik veröffentlichen?«

»Natürlich. Ich erledige die ganze Arbeit selbst – Lektorat, Design, wähle die Schrifttype, einfach alles. Ich veröffentliche nur das Beste von dem, was geschrieben wird. Weißt du, ich habe nämlich ein Auge dafür, was gut ist und was schlecht. Ach, das wird schon, da brauchst du dir keine Sorgen zu machen.«

Er funkelte Stafford an. Am liebsten hätte er ihn derb geschüttelt und mit ihm geschimpft, wie man mit einem Kind schimpft, doch regte er sich nicht und sagte auch kein Wort.

»Was ist?«, fragt Stafford. »Gefällt dir meine Idee nicht?« Herausfordernd: »Was ist daran schlecht?«

Wie sollte er darauf antworten? Er wusste, Staffords ursprünglicher, unüberlegter Enthusiasmus, der einzig wahre Grund für seine Idee, war größtenteils längst erloschen, weshalb er jetzt verzweifelt versuchte, die Glut wieder anzufachen und sich zu rechtfertigen, weniger vor Arthur als vor sich selbst.

Also herrschte er ihn an: »Was weißt du denn schon vom Drucken oder von Druckerpressen? Was weißt du vom Verlegen und von … Mein Gott, hast du überhaupt schon einmal eine Druckerpresse gesehen?«

Stafford winkte ab. »So etwas kann man lernen. Dafür braucht man nur ein bisschen Intelligenz, ein bisschen geistige Beweglichkeit. Ich gehe noch heute Nachmittag in die Bibliothek. Die haben da Bücher, die mir …«

Arthur konnte das alles einfach nicht länger ertragen und schrie ihn an: »Du bist ja verrückt!« Verblüfft sahen einige Gäste zu ihnen herüber, weshalb er mit leiserer Stimme fortfuhr: »Benutz deinen Verstand. Denk deine Pläne zur Abwechslung doch mal bis zu Ende durch. Du hast doch einen Verstand, oder? Und warum gebrauchst du ihn dann nicht?«

Staffords Augen glichen Seen aus flüssigem Schmerz. »Du gibst mir also keine Chance«, sagte er traurig. »Trittst mich wieder nach unten. Keine Hilfe. Nichts.«

»Hör mal«, sagte Arthur. »Ich trete nicht; ich mache rein gar nichts. Es ist eine verrückte Idee, aber selbst das wäre nicht das eigentliche Problem. Das eigentliche Problem sind die fünfhundert Dollar.«

»So viel ist das doch gar nicht.«

»Vielleicht nicht, aber es ist mehr, als ich zurzeit habe.«

Stafford richtete den Blick bekümmert zu Boden. »Ach, natürlich. Klar. Das zu behaupten ist wohl am einfachsten. Und bestimmt findest du dich auch noch entgegenkommend.«

Er knirschte mit den Zähnen. »Stafford, das ist keine Frage des Entgegenkommens, es ist … Ach, mit dir kann man schlicht nicht reden.«

Stafford lächelte ihn tapfer an. »Na ja, ist schon in Ordnung. Es ist okay, Arthur.«

Es folgte ein langes Schweigen.

Plötzlich platzte es aus Arthur heraus. »Verdammt noch mal, Stafford, ich habe dir gesagt, dass ich kein Geld habe. Wenn ich welches hätte, würde ich dir geben, was immer du willst.«

Stafford beugte sich über den Tisch. »Würdest du das?«, fragte er atemlos. »Würdest du das wirklich, Arthur?«

Müde antwortete er: »Ja, ich würde es dir geben.«

Stafford schob sich noch ein bisschen weiter vor, bis es aussah, als würde er allein von der Tischoberfläche gehalten.

»Wenn du das wirklich ernst meinst«, flüsterte Stafford. »Wenn du wirklich ernst meinst, was du gerade gesagt hast …«

»Das tue ich.«

»Dann könntest du das Geld besorgen, Arthur. Du könntest es, weißt du.«

»Wie meinst du das?«

»Von deinem Vater, Arthur. Er würde es dir geben. Du weißt, dass er es dir geben würde.«

Arthurs Augen weiteten sich durch den plötzlichen Schock, der ihn, das spürte er, wie ein Stromstoß durchfuhr.

»Er würde dir deine Bitte nicht abschlagen«, ergänzte Stafford. »Nach allem, was du mir erzählt hast, ist er …«

»Halt den Mund, Stafford«, sagte Arthur matt. »Bitte, halt einfach den Mund.«

»Komm mir nicht so«, fauchte Stafford ihn an. »Das beeindruckt mich kein bisschen. Es kostet dich doch nichts, ihn wenigstens mal zu *fragen*. Schließlich gehört dir ja ein Teil des Geldes. Du hast mir mal gesagt, deine Mutter hätte dir …«

Arthurs Stimme klang in seinen eigenen Ohren hohl und fern. »Stafford, ich habe dir gesagt, du sollst niemals erwähnen, dass …, dass …«

»*Ich habe dir gesagt*«, äffte Stafford ihn nach. »Mann, du machst mich krank. Hör endlich auf, *Theater* zu spielen, okay? Es würde dich doch nicht umbringen, ihn mal zu fragen.«

»Stafford …«

»Du hast Angst!«, rief Stafford schrill. »Ach, Schluss mit dem Blödsinn. Frag ihn. Frag ihn!«

Er konnte seine Stimme nicht länger kontrollieren; sie zitterte, schwankte, brach und erlosch fast, aber irgendwie gelang es ihm zu reden.

»Wenn du jetzt nicht aufstehst und gehst, Stafford, dann werde ich …«

»Versuchst du, mir Angst zu machen?«, höhnte Stafford. »Falls ja, vergeudest du deine Zeit, denn …«

Das Erste, was Arthur in die Hand bekam, war das halb gefüllte Wasserglas neben seinem Teller. Ehe er auch nur einen Gedanken fassen konnte, schleuderte er dessen Inhalt in das Gesicht seines Gegenübers. Stafford sprang auf, stand prustend und keuchend vor ihm und wischte vergebens über sein nasses Hemd und das tropfende Revers seines Jacketts.

»Du!«, krächzte er. »O du …«

Sein Gesicht bebte, als drohte es, in sich zusammenzufallen.

»Solange ich lebe«, verkündete Stafford, »will ich nie, niemals wieder ein Wort mit dir reden.«

Er wirbelte herum und stapfte wütend davon, den Kopf hoch erhoben: Wasser glitzerte in seinem Gesicht wie frisch vergossene Tränen. Arthur sah ihm nach.

Dann versiegte alle Wut und ließ ihn kraftlos und verstört zurück. Er stützte sich mit den Ellbogen auf dem Tisch ab und vergrub das Gesicht in den Händen. Ein leichter Anfall, halb Kichern, halb Schluchzen, schüttelte ihn, und er versuchte, ihn zu unterdrücken, was ihm aber nicht gelang. Er wusste, dass Gäste auf ihn aufmerksam wurden.

Ein Finger berührte ihn an der Schulter, und er hörte jemanden fragen: »Was gibt es hier für ein Problem?«

Er versuchte, seine Stimme wieder in den Griff zu bekommen. »Nichts«, sagte er. »Es ist nichts. Machen Sie sich keine Sorgen.«

»Wir wollen hier keinen Ärger.«

Er drehte sich um, und wie durch einen verzerrenden Nebel sah er das füllige, zitternde, zum unsicheren Ton passende Gesicht. »Kein Ärger«, sagte er mit belegter Stimme. »Alles in Ordnung, ich …«

»Betrunken«, hörte er jemanden murmeln. »Er ist betrunken.«

Beim Klang dieser Worte riss er den Kopf hoch. »Nein«, protestierte er. »Nein, gar nicht. Lassen Sie mich nur für einen Moment in Ruhe, ich werde dann …«

Das füllige Gesicht über ihm entspannte sich und zeigte kurz Erleichterung, ehe es erstarrte. Die Stimme klang nicht länger unsicher; sie war hart, selbstsicher, die Stimme eines Geschäftsführers.

»Na schön, Sie zahlen jetzt lieber und verschwinden von hier.«

Arthurs Gesicht zitterte gefährlich. »Aber ich versichere Ihnen, ich bin nicht …«

Der Geschäftsführer beugte sich zu ihm hinab und zischte ihm giftig ins Gesicht: »Jetzt hören Sie zu. Wollen Sie, dass ich die Polizei rufe? Ich sagte, Sie sollen verschwinden.«

»Bitte«, sagte er matt. »Nur einen Augenblick …« Es gelang ihm, etwas Geld hervorzuziehen und auf den Tisch zu legen. Der Geschäftsführer warf einen raschen Blick darauf.

Dann sagte er: »Was glauben Sie, was das hier für ein Lokal ist?« Sein fettes kleines Gesicht glänzte vor Empörung. Er langte nach unten und zog heftig an Arthurs Hemdkragen. »Kommen Sie, stehen Sie auf.« Er schnipste zwei Kellner herbei, die in der Nähe warteten und unbehaglich von einem Fuß auf den anderen traten. Auf sein Signal hin stürzten sie vor, rissen Arthur vom Stuhl und drängten ihn Richtung Tür.

Er konnte kaum reden, konnte sich ihnen nicht verständlich machen. »Mir geht es gut«, brachte er schließlich hervor. »Das hier ist wirklich unnötig.«

Doch sie schoben ihn hinaus auf das Trottoir, wo er blinzelnd und beschämt stehen blieb. Seine Schultern zuckten, aber seiner trockenen Kehle entwich kein Laut. Nach einer Weile lief er die Straße entlang. Er irrte ziellos umher und wusste kaum, wo er sich befand.

MEHRERE STUNDEN SPÄTER, ALS ER den Bürgersteig verlassen und durch eine Drehtür das Hotel Regency betreten hatte, vermengten sich der Lärm und Krach der Straße rasch mit dem gedämpften Treiben in der Lobby. Einen Moment lang blieb er im Eingang stehen, um sich zu orientieren. Dann ging er durch die Halle, aber mit so zögerlichem Schritt, als wäre er ein Eindringling in eine überfüllte, zugleich jedoch entmenschlichte Welt. Er nahm die Treppe zu einem rechteckigen Balkon, der das fiebrige Geschehen auf dem Parkett rahmte und überragte. Dort oben verebbte das ominöse Gemurmel zu einem gedämpften Flüstern. Als er hinabblickte, sah er nur noch eine anonyme Menge, die überhaupt nicht aus Personen zu bestehen schien.

Von weiter hinten drang das seltsam dezente Klirren von Geschirr und Tafelsilber herüber. Und als diese Laute an sein Ohr drangen, so leise und verstohlen wie in den Speisesälen aller Hotels dieser Welt, zuckte und hüpfte sein Herz, denn zum ersten Mal seit Betreten des Gebäudes wurde ihm die Ungeheuerlichkeit des Augenblicks bewusst, ehe er sich von dieser Ungeheuerlichkeit wie von einer Woge überflutet fühlte.

Er schaute auf seine Uhr und holte tief Luft, dann ging er zur Tür des Speisesaals, schob die Trennkordel beiseite und trat ein. Auf leisen Sohlen eilte ihm ein Kellner entgegen.

Über taube Lippen kamen Arthur die Worte: »Mr Hollis Maxleys Tisch.«

Als sie sich ihren Weg durch den bunten Wald des Speisesaals bahnten und dabei desinteressierte Rücken streiften, wurde er sich schlagartig und mit Macht der Gegenwart seines Vaters bewusst. Er konnte ihn noch nicht sehen, spürte aber seine Anwesenheit, fühlte sie mit jedem Schritt deutlicher.

Der Kellner blieb stehen. Mehr, als er sie sah, ahnte Arthur die ausholende Geste, mit der auf einen Tisch gedeutet wurde. Dann war der Kellner fort, und die Zeit gewann an Tempo, er aber stand dumpf und still da, ein regloser Fels in tosender Flut. Ihm fiel auf, dass sich seine Stirn vor Schweiß feucht und klamm anfühlte, obwohl es kühl war.

Mit einer raschen, unwilligen Anstrengung riss er den Kopf hoch, zwang sich, die Lippen zu einem Lächeln zu verziehen, und blickte zum ersten Mal seinen Vater an.

Er war hochgewachsen, das Gesicht attraktiv, und beim Lächeln blitzten kurz seine schmalen, aber großen weißen Zähne auf. Die Haut machte einen weichen, gut gepflegten Eindruck, das Haar war braun, und er trug es nach hinten aus der Stirn gekämmt, wo es bereits ein wenig ausdünnte. Er bewegte sich flink, nervös, und um die tiefen, dunklen Augen spielte ein seltsam glitzerndes Licht. Seine Stirn lag in Falten vor momentaner Unsicherheit und besorgter Verlegenheit. All dies sah Arthur, und es deckte sich mit seiner Erinnerung.

Als er aufschaute und ihre Blicke sich trafen, erhob Hollis Maxley sich unwillkürlich und stand halb aufrecht, halb gebückt, die Fingerknöchel fest auf den Tisch gepresst. Nervös leckte er sich über die Lippen, richtete sich dann zu voller Größe auf und streckte die rechte Hand aus. Arthur merkte, wie seine eigene Hand darauf reagierte, wie er sie hinhielt, sie gefasst wurde, und er spürte die akkurate Pumpbewegung, als sein Vater seine kraftlose Rechte sinnlos am Handgelenk schüttelte.

Er erinnerte sich wieder an den heiseren, beherrschten Ton der väterlichen Stimme.

»Schön, dich wiederzusehen, Art. Setz dich.«

Er lächelte matt, höflich; und dieses nichtssagende Lächeln klebte ihm idiotisch im Gesicht, während er die Miene seines Vaters erforschte und verzweifelt in der unordentlichen Kammer seines Gedächtnisses nach irgendwelchen magischen Worten kramte, die helfen mochten, die wachsende Spannung zu mildern.

»Ich habe deinen Brief heute Nachmittag erhalten«, sagte er. Die Worte jagten einander, verfingen sich. »Ich … ich habe hier angerufen, aber mir wurde mitgeteilt, du seist nicht im Haus.«

Sein Vater lächelte beflissen. »Ich hatte was zu erledigen, war aber nur wenige Minuten fort. Der Concierge sagte mir, dass du angerufen hast. Tut mir leid, dass wir uns verpasst haben.«

Es folgte ein Augenblick unbehaglicher Stille. Dann sagte sein Vater: »Von Buenos Aires habe ich dir ein paar Zeilen geschickt, aber nichts von dir gehört. Na ja, die Post in Buenos Aires ist ziemlich unzuverlässig.«

»Ich habe nie was erhalten.«

»Das dachte ich mir schon«, erwiderte sein Vater ernst. »Ich habe bereits vermutet, dass der Brief nicht angekommen ist.«

Dann seufzte Hollis Maxley und lehnte sich zurück. Wie

absichtslos streifte seine Hand dabei die Speisekarte auf dem Tisch. *Zu* absichtslos, wie Arthur fand.

Mit gespielter Überraschung schaute er seinen Sohn an.

»Bist du hungrig? Ich glaube, ich schon. Wollen wir bestellen?«

Arthur nickte abwesend und griff nach der vor ihm liegenden Speisekarte. Sie vergruben ihre Blicke in die klein gedruckte Schrift und schauten erst wieder auf, als der Kellner sich näherte.

Während ihre Bestellung entgegengenommen wurde, musterte Arthur seinen Vater verstohlen. Er wirkte schlanker und gebräunter, als er ihn in Erinnerung hatte. Das weiche Leder seiner Haut war von der südamerikanischen Sonne so dunkel, dass sie an den Rändern, also dort, wo sie unterm schütteren, ausgebleichten Haar verschwand, verblüffend hell wirkte. Neue Falten an der Stirn, um den Mund. Außerdem bewegte er sich rascher, sprunghafter als früher.

Während Arthur die Stille genoss, fragte er sich, was sein Vater gerade dachte. Welche Chemie war hinter dieser hohen Stirn am Werk? Galten seine Gedanken ebenfalls der Vergangenheit? Erinnerte er sich? Oder hatte er geschafft, was seinem Sohn nicht gelungen war, hatte er das Bild jener Nacht, das Grauen jenes Augenblicks, von der Schiefertafel seines Gedächtnisses löschen können?

Er hielt es für unmöglich. Er glaubte fest daran, dass seinem Vater die Erinnerung selbst auf seinen ›Geschäftsreisen‹ folgte – diesen wilden Exkursionen zu fernen Orten –, dass sie ihn verfolgte wie ein gefräßiges Tier die verwundete Beute.

Was war ihm durch den Kopf gegangen in jenen langen heißen Nächten, in denen er auf verschwitzten Laken in einem fremden Zimmer in einem fremden Land gelegen hatte und der Schlaf nicht kommen wollte? Hatte er sich dann hin und her gewälzt und an jene andere, lang vergangene Nacht gedacht? Waren die vertrauten Bilder aus dem erdrückenden Dunkel aufgestiegen, um ihn heimzusuchen, ihn zu ängstigen?

Hast, dachte er, ständige Hast, immerwährende Flucht, Tage ohne Ende und kein Entkommen. Jahre des Wartens, während die Stirn höher wurde, die Gestalt in sich zusammensackte, das Blut abkühlte, die Falten um die Augen sich vertieften und …

Sein Vater unterbrach das spontane, warme und unmotivierte Gefühl des Mitleids, das er immer stärker für ihn empfand.

»Tja«, sagte er bemüht jovial, und unter der barschen Wucht seiner Stimme zerstob Arthurs junges Mitleid, die frische Wärme, »tja, ist lange her, seit wir Gelegenheit hatten, miteinander zu reden.«

Leise: »Ja, wohl wahr.«

»Ich bedaure das, ehrlich.« Sein Vater klang ernst. »Aber das Geschäft – es verschlingt so viel Zeit, weißt du.« Bei dieser Lüge schlug er den Blick nieder und lächelte nervös.

Ziellos setzte sein Vater immer aufs Neue an, um gleich darauf wieder zu verstummen, und Arthur war ihm dankbar dafür, dass er das Reden übernahm, freute sich, dass keine Antwort erwartet wurde, dass er sich zurücklehnen, der monotonen Stimme lauschen und das Gesagte ignorieren konnte.

Dann aber drängte sich ihm doch die Bedeutung der Worte auf, als er seinen Vater in einem Ton, der eine Antwort verlangte, sagen hörte: »… jetzt sitze ich hier und rede endlos über mich selbst, ohne dir Gelegenheit zu geben, auch nur ein einziges Wort über das einzuwerfen, was du so treibst.«

Arthur warf seinem Vater einen verstimmten, verärgerten Blick zu.

»Ich … ich mache gerade nicht so besonders viel«, sagte er. »Und deshalb gibt es auch nicht viel zu erzählen.«

»Nun«, sagte sein Vater, »das ist schon in Ordnung. Lass dir Zeit. Du bist noch jung. Ich nehme an, du bist mit deinem Studium beschäftigt?«

»Ja, schon«, erwiderte er vage. »Ich lese ziemlich viel.«

Darauf folgte eine weitere Stille, die drohte, das heikle Gleichgewicht ins Wanken zu bringen, das sie während ihres Gesprächs bislang aufrechterhalten hatten. Dann aber kam der Kellner mit dem Essen, eine willkommene Abwechslung, ihr Schweigen war jetzt nicht länger peinlich, sie mussten sich nicht mehr unbedingt unterhalten. Beide warfen sie dem Kellner einen dankbaren Blick zu und machten sich nach einigen nichtssagenden Worten ans Essen.

Während Arthur geistesabwesend darin herumstocherte, gelang es ihm für kurze Zeit, ein so flüchtiges wie fragiles Gefühl innerer Distanz zu halten. Ihm war, als wäre er allein und als sei allein er in diesem großen, üppigen Saal von Bedeutung. Der Mensch vor ihm hatte nichts zu besagen, ebenso wenig wie die anderen Gestalten um ihn herum. Sie existierten nur, weil er sich dazu herabließ, sie wahrzunehmen.

Irgendwo im Saal begann ein kleines Orchester zu spielen, und nach und nach zog es Gäste auf die Tanzfläche. Wie er sie so anschaute, meinte er, einen leuchtenden, lebendigen Garten zu sehen, eine Pracht sich bewegender, schimmernder, vor seinen Augen sich immer wieder verändernder Farben. Die unterschiedlichen Nuancen der Frauenröcke, das Elfenbein der Haut, das Scharlachrot der Lippen, die subtilen Farbschattierungen der Haare – sanfte Farben, die vom eher nüchternen Aufzug der Männer und deren geröteten Gesichtern konterkariert wurden. Arthur schloss die Augen, und die Gestalten und Farben verschwammen, um sich gleich wieder voneinander zu lösen, viele Farben in einem komplexen Muster, fast wie auf einer der Leinwände, die er in Max Evartz' Haus gesehen hatte.

Noch ehe er recht bemerkte, dass sie mit dem Essen fertig waren, hatte der Kellner Teller und Besteck abgeräumt. Dann schenkte er ihnen aus einer großen silbernen Kanne Kaffee ein, und sie nippten daran und zündeten sich eine Zigarette an.

Immer noch bestand kein Bedarf nach Worten. Während sie rauchten und ihren Kaffee tranken, breitete sich ein warmes Gefühl wohliger Zufriedenheit zwischen ihnen aus. Arthur fürchtete den Moment, da ihre Tassen leer sein würden und die letzte Hürde zwischen ihnen selbst und dem Reden verschwand.

Schließlich aber war die Tasse ausgetrunken, und er konnte es nicht länger hinauszögern, also schaute er auf und sah, wie sein Vater, der ihn aufmerksam betrachtet hatte, seinem Blick auswich. Er wusste, einer von ihnen musste jetzt reden, denn die Stille war wieder spürbar und erdrückend.

»Ich habe daran gedacht, an ein anderes College zu wechseln«, brach es aus ihm heraus. Das war gelogen, aber der Druck, sprechen zu müssen, zwang die Worte überstürzt aus ihm heraus. »Ich … ich will nicht nach Boston zurück.

Ich will an eine andere Uni, kann mich aber nicht entscheiden. Natürlich müsste ich von hier wegziehen, hier gibt es nichts weiter.« Und er schwafelte weiter, wusste selbst kaum, was er sagte.

Als ihm schließlich die Worte ausgingen, dachte Hollis Maxley einen Moment ernsthaft nach, und als er dann sprach, klang er so dankbar, als hätte Arthur ihm geschmeichelt.

»Und? Was willst du studieren?«

Die Frage ließ Arthur zusammenzucken. Sie erschien ihm abgeschmackt.

»Ach, das Übliche eben. Mir ist, als hätte ich in Boston nicht genug gelernt. Vielleicht mache ich sogar einen Abschluss. Und ich dachte, du könntest mir vielleicht eine gute Alma Mater empfehlen.«

Sein Vater reagierte mit einem breiten, eifrigen Lächeln. »Tja, lass mich überlegen. *Meine* Collegetage liegen schon eine Weile zurück, trotzdem sollte sich was finden lassen.« Er schwieg, dann hellte sich sein Gesicht auf. »Ich habe da eine Idee. Morgen treffe ich mich mit Ralph Harkins. Du erinnerst dich doch an Harkins? Jedenfalls sitzt er in irgendeinem Hochschulkomitee, also sollte er in Sachen College auf dem neusten Stand sein und die besten Infos haben. Wie wär's, wenn du mit ihm redest? Wie fändest du das?«

»Ach, na ja«, erwiderte Arthur unbehaglich, »das ist wirklich nicht nötig. Es war auch nur so eine Idee.«

»Aber warum nicht? Der gute alte Ralph würde dir mit Freuden helfen. Sagen wir morgen Abend … Wir könnten zusammen essen, und dabei bereden wir die ganze Sache.«

»Ich … ich würde gern noch ein bisschen länger darüber nachdenken.«

»Ralph könnte mit uns essen. Ein gemeinsames Abendessen, bei dem ihr zusammenkommt und wirklich was entscheiden könnt.«

Verlegen wand Arthur sich in seinem Sessel. »Nein, nein, mach dir keine Mühe. Außerdem habe ich morgen Abend schon etwas vor, etwas lange Geplantes.«

»Ach«, sagte sein Vater enttäuscht. »Weißt du, ich hatte gehofft …«

»Ja«, unterbrach er ihn rasch, »aber es ist wichtig. Seit Langem festgelegt.«

»Natürlich«, erwiderte sein Vater leicht verbittert. »Ist schon gut. Ich dachte nur – morgen ist mein letzter Tag in der Stadt und …«

Dann verstummte er, blieb lange still und schaute auf den Tisch. Endlich hob er den Blick, und seine Augen waren so voller Schmerz, dass Arthur instinktiv zurückzuckte.

»Manchmal bin ich es leid«, sagte sein Vater, ohne ihn anzusehen, und Arthur hatte den Eindruck, dass er weder zu ihm noch zu sonst jemandem sprach. »Um die halbe Welt zu hetzen, immer unterwegs, nie zur Ruhe zu kommen. Warum kann ich nicht innehalten? Warum mich nicht niederlassen? Ich muss doch nicht wieder los. Ich mache mir was vor, wenn ich behaupte, niemand sonst könne die Arbeit erledigen. Was zum Teufel ist dieses Geschäft überhaupt? Ein Vorwand, mehr nicht. Eigentlich mag ich es nicht. Hast du das gewusst? Ich glaube, im Grunde hasse ich es sogar. Aber damit geht die Zeit rum.« Er lachte und schüttelte müde den Kopf. »Damit geht die Zeit rum.«

Arthur schluckte und brachte kein Wort heraus.

»Australien, Südamerika … jetzt Indien. Wieder sechs Monate, wenn ich will, kann ich noch vier dranhängen. So gehen die wenigstens irgendwie rum. Wir warten beide, die Zeit und ich. Es ist ein Spiel, verstehst du? Ein Wettlauf darum, wer länger warten kann. Und am Ende ist niemand der Gewinner. Das ist der Preis: Keiner von uns gewinnt.«

Arthur schloss die Augen. Ihm fehlte die Kraft, den Vater zu unterbrechen. Er konnte nur dasitzen, gegen seinen Willen wie gebannt und hypnotisiert von der dumpfen, hilflosen Stimme.

»Manchmal denke ich, ich sollte einen Schlussstrich ziehen, kündigen, alles aufgeben. Für eine Weile zur Ruhe kommen, aber es ist zwecklos. Ich habe es schon versucht. Hätte ich nie angefangen, wäre es anders, hat man aber einmal angefangen, kann man nicht mehr aufhören.«

Arthur machte eine unwillkürliche Bewegung, setzte an, was seinem Vater aber entging.

»Einmal habe ich einen Flößer gesehen, hoch oben in den Wäldern im Norden«, fuhr er fort. »Er war mitten im Fluss, stand auf einem Baumstamm. Solange er stillhielt, war alles in Ordnung, aber offenbar war er es irgendwann leid still zu stehen, denn er begann, auf dem Stamm zu laufen, und der Stamm drehte und drehte sich im Wasser, und der Mann rannte und rannte immer schneller. Solange er rannte, bestand keine Gefahr, doch drehte sich der Stamm schließlich so schnell, dass er nicht mehr aufhören konnte. Wenn er aufhörte, würde er ins Wasser fallen. So geht's mir auch. Vielleicht war es für den Flößer ein Spiel, aber ich habe angefangen und kann jetzt nicht mehr aufhören, sonst falle ich. Und wenn ich falle, ertrinke ich, weil ich vergessen habe, wie man schwimmt.«

Es gab einen Augenblick des Verstehens, in dem Arthurs

wachsende Panik versiegte. Durch entstellenden Dunst und Nebel sah er gleichsam aus weiter Ferne zum ersten Mal, wie sein Vater wirklich war. Diese Vision dauerte kaum eine Sekunde und blieb ihm auch nur für diese kurze Dauer erhalten, dennoch begann er, durch dieses rasche Aufblitzen vieles zu verstehen. Hier war jemand, der auf andere Weise fühlte und sich erinnerte als er selbst. In einem Vater, den er nicht kannte, fand er unerwartet jemanden, der, allgemein gesagt, von ganz eigenen Gefühlen besessen war, eigenen Bildern, eigenen Erinnerungen. Diese Entdeckung schreckte ihn aus seinem Schweigen auf, und er begann zögerlich, sanft beinahe, zu sprechen.

»Ich weiß. Ja, ich weiß.«

Und zum ersten Mal, seit er seinen nachdenklichen Monolog begonnen hatte, schaute Hollis Maxley seinen Sohn an.

»Himmel«, sagte er leise. »Was machen wir aus unserem Leben doch für ein wirres Durcheinander.« Er schwieg einen Moment. »Ich war kein guter Vater, Art, oder? Wenn ich gewusst hätte … Weißt du, ich war jung; nicht an Jahren, aber in sonst jeder wichtigen Hinsicht. Es gab so vieles, worüber ich noch nicht nachgedacht, was ich noch nicht verstanden hatte. Aber das sind bloß Ausflüchte. Es ist und war meine Schuld, denke ich. Es fing falsch an, und ich habe es so lange falsch laufen lassen, dass … Nun, wir haben es nicht in den Griff bekommen. Wäre ich zu Beginn etwas klüger oder auch bloß ein wenig freundlicher gewesen … Hätte ich über das Leben nur gewusst, was ich heute darüber weiß! Herrgott, ich frage mich, wie viele Menschen das wohl schon gesagt haben. Aber … hätte ich es gewusst, wäre vieles anders geworden, meinst du nicht?«

Arthur wusste nicht, wie er mit der ungewohnten Wärme, die ihn durchströmte, umgehen sollte; sie war so neu, floss so zögerlich. Als er dann sprach, war seine Stimme kaum mehr als ein Flüstern.

»Ich fürchte, wir können rein gar nichts sicher wissen«, sagte er. »Alle versuchen zu tun, was sie für gut, für das Beste halten, und … und wenn es nicht klappt … es ist schwer, irgendjemandem daran die Schuld zu geben. Dinge geschehen einfach.«

Nun war die Ruhelosigkeit aus den Augen seines Vaters verschwunden. Ein neues, intensives Licht brachte sie zum Funkeln. Mit heftiger, lange unterdrückter Zuneigung schaute er seinen Sohn an, und sein Blick brannte sich in ihn ein.

»Ich bin es leid zu laufen«, sagte er. »Ich laufe auf diesem Baumstamm schon … ach, ich weiß nicht, mir kommt es wie tausend Jahre vor. Ich bin müde; ich will nicht mehr laufen!« Er schlug mit der geballten Faust auf den Tisch und fuhr in flehendem Ton fort: »Ich könnte aufhören – unmöglich wäre es nicht –, wenn ich jemanden hätte, der mir hilft. Aber – ich allein, das wird nichts. Das *weiß* ich. Hör mal, warum können wir diese Jahre nicht vergessen? Warum nicht? Weißt du – du bist doch selbst auch davongelaufen. Ich sehe es dir an. Die Spuren in deinem Gesicht, die kann ich weiß Gott erkennen. Können wir uns nicht gegenseitig helfen? Anfangs wäre es bestimmt schwer, das ist mir klar. Nein, leicht wäre es nicht. Aber – wir sind beide so müde, und irgendwann müssen wir aufhören zu laufen.«

Wie aus unbestimmter Distanz blickte Arthur beunruhigt durch einen Raum aus Licht und Dunkelheit und sah seinen Vater, der ihm jetzt jünger vorkam, eher wie der Mann, den er in Erinnerung hatte. Und als wäre sie der ferne Nachklang eines Echos, hörte er seine eigene Stimme, fremd und unsicher: »Ich weiß nicht ... ich weiß nicht.«

Allein die Vorstellung, darüber nachdenken zu müssen, ließ seinen Verstand zurückschrecken. Es war so neu, so unerwartet. Er wartete auf den Schock, wartete darauf, dass ihn die dunklen Ungeheuer seiner Vergangenheit ansprangen, unbändig und unersättlich, aber der Schock blieb aus, die Ungeheuer sprangen nicht.

Er hatte keine Ahnung, was er sagen oder tun sollte, schaute mit leerem Blick zu seinem Vater und hörte das Herz in seiner Brust schlagen. Als der Raum dann zu verschwimmen begann und ihm schwindlig wurde, blinzelte er rasch, schüttelte den Kopf und ließ den Blick vom Vater fort durch den Speisesaal wandern.

Plötzlich aber kam der Schock und ließ ihn erstarren; er hörte das Knurren der dunklen Ungeheuer. Die Haut um seine Augenhöhlen weitete sich, und er fuhr halb von seinem Stuhl auf, den Mund ungläubig geöffnet.

Denn dort durch den Saal voller Menschen glitt ganz in Weiß gekleidet seine Mutter, eine Hand ausgestreckt.

Ein silbern durchwebter Schleier umgab sie – ein Kranz aus zartem Traumhaar umschmeichelte ihren Kopf, genau wie er sie in Erinnerung hatte, und wie in ihrem Leben schimmerte die Haut im selben, leicht getönten Elfenbein.

Dann fiel er zurück in den Sessel und fuhr sich mit zittriger Hand über die Augen. Es war gar nicht seine Mutter. Die Frau war eine Fremde, jemand, den er noch nie gesehen hatte. Eine optische Täuschung, sagte er sich, nur eine optische Täuschung; eine leichte Ähnlichkeit und die Umstände waren schuld an dieser Verwechslung.

Dennoch konnte er nicht verhindern, dass sein neugieriger Blick zurück zu dieser trügerischen Erscheinung schweifte. Und gleich darauf schreckte er aufs Neue zusammen, denn die Frau schaute sie unverkennbar direkt an und ging zielstrebig auf ihren Tisch zu. Mit verwirrtem Stirnrunzeln wandte er sich zu seinem Vater um.

Hollis Maxley aber ließ seinen Blick unerwidert, denn er hatte die Frau nun ebenfalls gesehen, und sein Gesicht war zu einer Maske besorgter Erwartung verzerrt.

Und dann, noch ehe einer von ihnen etwas sagen konnte, stand sie an ihrem Tisch und sagte in fröhlich keckem Ton: »Hollie, mein Lieber! Ich habe dich heute Nachmittag vermisst. Warum hast du nicht angerufen?«

Hollis Maxley lief dunkel an, erhob sich umständlich und stammelte: »Ach, ich … ich …«

Sie lachte, und ihr Gelächter klang wie das helle Klirren rasiermesserscharfer Klingen, die aneinanderstoßen. »Ist nicht weiter schlimm, Darling, nur *hast* du versprochen, mich anzurufen. Du brauchst nicht aufzustehen. Ich kam zufällig mit Freunden vorbei und sah dich in so *ernstem* Gespräch versunken, dass ich dachte, ich sollte dich ein wenig aufheitern.«

Sie lächelte wieder und entblößte dabei zwei Reihen kleiner weißer Zähne, ehe sie neugierig zu Arthur hinübersah, der sie mit äußerster Kälte musterte. Hollis Maxley sah keinen von ihnen an. Er stand über den Tisch gebeugt, auf seine geballten Fäuste gestützt, die das Tischtuch in Falten zogen.

Wieder lachte die Frau, aber ihr Lachen klang gezwungen, angestrengt und verunsichert. »Nun denn«, sagte sie, »ich störe euch nicht länger. Ich wollte nur …«

Aus seiner schmerzlichen Verwirrung rettete Hollis Maxley dann ein unscheinbares Quäntchen instinktiver Würde, als er sagte: »Entschuldige, Ellen. Das hier ist mein Sohn Arthur. Arthur, das hier ist Miss Ellen Phillips.«

Die als Miss Phillips vorgestellte Frau sah Hollis Maxley verblüfft an. »Dein Sohn? Ich habe ja gar nicht gewusst, Hollie, dass du …« Sie brach ab, wandte sich zu Arthur um, der sich nicht gerührt hatte, schenkte ihm ein Lächeln und hielt ihm ihre kleine, sorgsam manikürte Hand hin. »Ich freue mich ja so, Sie kennenzulernen.«

Er übersah die ausgestreckte Hand und antwortete nicht. Er spürte, wie sein Vater ihm einen gequälten Blick zuwarf, trotzdem bewegte er sich nicht.

Die Frau sah Hollis Maxley an und sagte in verändertem Tonfall: »Tut mir leid, wenn ich gestört habe, Hollis. Wir sehen uns später.« Dann ging sie rasch davon und verschwand in der Menge.

Hollis Maxley nahm langsam wieder Platz und schaute seinen Sohn an, schaute in sein erstarrtes, blasses Gesicht und in Augen, die wie lose Kohlen hinter lichtbrechendem Glas glühten.

Es folgte ein Moment kompromissloser Stille. Dann sagte Hollis Maxley: »Hör mal, das war nicht weiter wichtig. Vergiss es einfach.«

Doch der Augenblick der Wärme hatte sich verflüchtigt, unwiderruflich, das wussten sie beide. Es war ein Verlust, und etwas in Arthur trauerte um diesen Verlust, auch wenn er von Anfang an gewusst hatte, dass er unvermeidlich war. Und das wegen so einer Kleinigkeit. Sein Verstand nannte es eine Kleinigkeit, also konnte es nicht anders sein.

Es war unwichtig, genau wie sein Vater gesagt hatte.

Und doch – und doch. Ihm kam es vor, als hätte eine zufällige Intelligenz, eine obskure, ihrer beider Schicksale bestimmende Macht dieses Ereignis herbeigeführt und ihm eine eigenartige, unaussprechliche Bedeutung verliehen, was er sofort begriffen hatte. Und diese Bedeutung drängte sich jetzt auch seiner Seele auf und sorgte für einen Augenblick blinden Hasses, der alle frühere Wärme, alles Verstehen zerstörte und stattdessen nur ein qualvolles Muster unaussprechlichen Schmerzes und Widerwillens hinterließ, und die geballte Wut dahinter richtete sich nun gegen die schutzlose Gestalt vor ihm.

»Vergiss es«, sagte sein Vater noch einmal.

Vergessen, dachte er verbittert. »Vergessen?«, sagte er laut.

Und in einem Winkel seiner Erinnerung hatte er plötzlich die Vision von einer schlanken Gestalt ganz in Weiß, die in glücklicherer Zeit durch einen glücklicheren Raum glitt, dazu eine Vision von seinem Vater (jetzt das braungebrannte Gespenst vor ihm), jünger und er selbst. Sie gingen zu dritt, und sie waren allein im Dämmerlicht des Sommers, jener warmen, duftenden Jahreszeit, und es gab keinen Gedanken an eine andere Zeit oder einen anderen Ort, denn sie waren vollständig, und sie brauchten nichts und niemanden, es gab nichts Schlechtes, und es gab weder Treulosigkeit noch dunkle Unruhe, noch irgendwas.

»Ich kann nicht vergessen.«

Er hörte sich sprechen und hasste den billigen Laut der Worte, hasste das Hirn, das sie in die Welt warf, die Lippen, die sie ausstießen.

»Nimm es nicht so ernst«, sagte sein Vater. Kleine Schweißjuwelen glitzerten auf seiner Stirn. »Sie war – nichts. Versteh das doch.«

Wütende, unvernünftige Worte quollen in ihm auf und erbrachen sich aus seinem Mund. »Nein!«, sagte er. »Das verstehe ich nicht. Du ... Wie konntest du ..., so ein billiges Flittchen, die ...« Er schüttelte den Kopf, bebte vor augenblicklicher Übelkeit. Als er weitersprach, war seine Stimme ruhiger, der Ton fragender. »Nein, ich verstehe das nicht. Warum hat sich alles so verändert? Oder ist es schon immer so gewesen? Ich meinte, mich an eine Zeit zu erinnern ... Aber jetzt ist alles schlecht, widerlich. Du, ich, die ganze Welt, alles. Können wir nicht zurück? Können wir nicht wieder sein, wie wir waren? Was ist nur los?«

»Aber das ist es ja, was ich will.« Die Worte seines Vaters überschlugen sich in seltsamem, hoffnungslosem Eifer. »Verstehst du nicht, Art? Das ist es, was ich will – zurückgehen, wieder so leben, wie wir vorher gelebt haben. Und wir können das, wenn du nur willst ...«

»Nein, nicht jetzt. Nicht – ach, das Reden hat doch keinen Sinn. Man kann nicht zurück. Das weißt du. Einen Augenblick lang dachte ich, wir ... Aber nun nicht mehr. Es ist vorbei. Alles ist wieder beschmutzt. Und diese Frau, die ... Wie konntest du ...«

Matt hob Hollis Maxley seine Hände und wedelte wie ein angeschlagener Boxer damit herum.

»Na schön«, sagte er. »Na schön. Ich denke, es hat keinen Zweck. Und ich fürchte, ich habe es von Anfang an gewusst. Tut mir leid. Herrgott, es tut mir leid. Was kann ich mehr sagen? Was kann irgendwer sonst noch sagen? Aber – verstehst du denn nicht, wie es ist? Es gibt nichts Schlimmeres, als allein zu sein, wenn man nicht stark genug ist, die eigenen Gedanken zu ertragen. Man hält es nur eine Weile aus, und dann ... Nun, dann kann man einfach nicht länger allein sein, dann muss man was tun, mag es auch noch so blödsinnig sein. Man muss sich davon überzeugen, dass man nicht allein ist, auch wenn es so ist.«

»Ich nehme an, sie ist nicht die Einzige?«

»Was reitest du darauf herum? Nein, sie ist nicht die Einzige. Es hat andere gegeben. Ich weiß auch nicht, wie ich es sagen soll. Natürlich hat es andere gegeben. Daran ist an sich nichts auszusetzen, weißt du, aber … Sie sehen alle aus wie *sie*. Ich versuche mir einzubilden, dass … Nein, es gab andere. Warum sollte ich das auch leugnen? Verstehst du denn nicht?«

Reglos saßen sie da und starrten sich an, lange, und niemand sagte ein Wort.

Schließlich rief Hollis Maxley in einem Anfall von großem Schmerz: »Herrgott, du glaubst doch wohl nicht, ich *will* so leben, oder?«

Abrupt stand sein Sohn auf und schob den Sessel vom Tisch weg. Sein Gesicht war zu einer Maske verzerrt, auf der Hass, unaussprechliches Mitleid, Abscheu und uneingestandene Liebe vergeblich miteinander rangen.

»Du Narr«, flüsterte er leise, »du armer Narr.« Und er wusste nicht, wem seine Worte galten.

Ein letztes Mal sah Arthur die in sich zusammengesunkene Gestalt an, während ihm der Gedanke durch den Sinn huschte, dass er seinen Vater nie wiedersehen würde. Unversehens verschwamm ihm der Blick vor Tränen, und er wandte sich ab und stürzte aus dem Saal.

ALS ER AUS DER HOTELLOBBY stolperte, sah er, dass die Dunkelheit sich herabgesenkt, sich verstohlen aus dem Himmel niedergeschlichen hatte, um die Stadt in einen uralten Kampf zu verstricken. Mitleiderregend flackerten Straßenlampen und elektrische Leuchten dagegen an, doch schien ihr Protest die ungeheure Macht der Nacht nur noch zu unterstreichen.

Er atmete tief ein, doch ließ ihn die verbrauchte Luft erschauern. Mit dem Abend war eine sommerliche Kühle aufgekommen, und frischer Wind fuhr ihm durch die Kleider; er zitterte, zog die Schultern hoch, rammte sich die Hände tief in die Taschen und fand den scharfen Kontrast zur Schwüle im Speisesaal unangenehm.

Einen Moment lang blieb er unentschlossen auf dem Bürgersteig stehen, während um ihn der breite Menschenstrom toste und wirbelte. Und als würde er vom steten Druck dieser Flut entwurzelt, ließ er sich wie betäubt mitziehen von dem reißenden Sog, ein kleines, farbloses Stück Treibgut, das zwischen engen Uferbänken hin und her geworfen und davongetragen wurde.

Das Getöse der großstädtischen Nacht bestürmte seine Ohren und schrie tief in die Echohöhlen seiner Sinne hinab, steigerte sich und prallte in immerzu wachsenden und wieder abnehmenden Wellen gegen ihn an, bis ihm schien, als sei die ganze Stadt nichts als ein gigantischer, pulsierender Lärm. Und das auftrumpfende Funkeln der Schaufenster entlang der Straße, die riesigen Neonreklamen, die Myriaden Lichter der Stadt, die trägen Windungen der Massen, die schneckengleichen Zuckungen des blitzenden Verkehrs auf spiegelndem Asphalt – all dies waren visuelle Kontrapunkte zur grellen Musik des hemmungslosen Stadtradaus.

Und während er so an diesem Hochsommerabend durch überfüllte Straßen ging, überfiel ihn jene seltsame Einsamkeit, die man nur in der monströsen Unpersönlichkeit einer Menschenmenge empfinden kann, dieses unvergleichliche Gefühl puren Alleinseins, wie man es unter keinen anderen Umständen spürt. Die einsame Gestalt in der sich kaum verändernden Weite einer Wüste ist nicht so allein, wie man sich in der Unendlichkeit einer überfüllten Stadt verloren fühlen kann. Er, der in der Wüste einsam ist, bleibt sich doch stets der eigenen Bedeutung bewusst, wie gering sie auch sein mag, und er weiß zudem um seine Beziehung zum sichtbaren Umfeld. Wer aber einsam inmitten eines ihn umschwärmenden Gewimmels ist, verliert das Bewusstsein seiner selbst als eines Individuums. Die aberhundert fremden Leiber, die ihn unwissentlich streifen, die aberhundert fremden Blicke, die auf sein Gesicht fallen, ohne es zu sehen oder zu erkennen, die Stimmen, die um ihn herum und über ihn hinweg reden, nie aber *mit* ihm – darin liegt wahre Einsamkeit. Dessen war Arthur sich vage bewusst, während er dahintaumelte und sich treiben ließ.

Mit einem plötzlichen, gewaltsamen Ruck aber entriss er sich dem Strom, presste sich an das Ufer eines Schaufensters und sah dem vorüberrauschenden Fluss zu, dem er entkommen war. So verharrte er eine Weile und sammelte sich.

Einige Türen weiter sah er eine Leuchtreklame, deren Licht rhythmisch aufleuchtete und wieder erlosch. Von seinem Standort aus konnte er die Schrift nicht lesen, und er wagte es nicht, einen Schritt vorzutreten, um nachzusehen, da er fürchtete, das hungrige Maul der Menge würde ihn erneut erfassen und verschlingen, doch aus dem Eingang unterhalb des Reklameschilds drang der tröstlich wilde Klang von Gelächter und Musik. Er schob sich den Bürgersteig entlang, immer noch ans hohe Ufer der Hauswand gepresst, bis er durch diese Tür schlüpfen konnte. Beim Eintreten las er auf dem gerade wieder aufflammenden Neonschild: ›Luisant's‹.

Er fand sich in einem kleinen, sanft erhellten Foyer wieder. Eine achtlos gekleidete junge Garderobenfrau musterte ihn mit müden, mascaradunklen Augen. Er gab ihr seinen Hut und erhielt dafür ein Pappschildchen, dann ging er zu der getäfelten Doppeltür, die zum gedämpften Wummern des Tanzorchesters führte, dessen Musik er auf der Straße gehört hatte.

Der Saal war größer als erwartet. Nach dem schmalen Einlass und dem winzigen Foyer hatte er mit einem gleichermaßen kleinen, aber überfüllten Saal gerechnet. Letzteres stimmte, doch war das Innere selbst überraschend geräumig. Linker Hand befand sich eine Nische, in der sich über die gesamte Länge eine Bar erstreckte. Die meisten Barhocker, Chrom und rotes Leder, waren von größtenteils stummen Gästen besetzt, die sich ernsthaft dem Trinken widmeten und sich dabei eher verdrossen im Tresenspiegel betrachteten.

Von dort drang kaum ein Laut herüber, nur gelegentlich war das Klirren von Gläsern zu hören, das Rasseln eines Cocktailshakers. Der Ursprung des eigentlichen Lärms fand sich in dem großen Saal mit seinen Tischen, der Tanzfläche und dem Orchester. Arthur blieb mit zögerlicher Miene am Rand stehen.

Ein Kellner näherte sich argwöhnisch und musterte ihn dabei von oben bis unten. Man meinte fast das automatische Klicken zu hören, als der Mann ihn mit professioneller Expertise begutachtete und schließlich in eine entsprechende Schublade einordnete.

»Haben Sie reserviert, mein Herr?«, fragte der Kellner. Diese formelhafte Frage war vertraut. Er lächelte.

»Nein.«

»Keine Reservierung? Tja.« Der Kellner täuschte besorgte Verdutztheit vor, legte einen Zeigefinger präzise an sein Kinngrübchen und starrte ins Leere. Dann wisperte er, als erweise er ihm eine unschätzbare Gunst: »Ich glaube … ja, ich bin mir fast sicher … ein sehr schöner Tisch … Ist gerade abbestellt worden, glaube ich. Folgen Sie mir, mein Herr.«

Und gemeinsam gingen sie zu dem Tisch, der gerade erst abbestellt worden war.

Mit Verbeugung und überschwänglicher Geste zog der Kellner den Stuhl zurück, und Arthur nahm Platz. Wie durch Zauberei wurde ihm die Stuhlkante in die Kniekehlen geschoben, die daraufhin einknickten, sodass er sanft in eine sitzende Haltung sank. Er starrte die Speisekarte an, die ihm gleich darauf vorgelegt wurde.

»Nein«, sagte er geistesabwesend. »Noch nicht. Ich glaube … erst … ein Brandy mit Soda. Ja.«

Der Kellner verschwand, und Arthur stemmte die Ellbogen auf die weiße Tischdecke. Zum ersten Mal, seit er seinen Vater im Speisesaal des Regency zurückgelassen hatte, befand er sich nicht in Bewegung. Während er verstört und wie in Trance durch die Straßen gelaufen war, hatte er angenommen, alle Gefühle würden bis zu einem gewissen günstigen Augenblick in der Schwebe bleiben. Und dieser Augenblick war nun da, und Arthur drohte in einer Woge von Schmerz zu ertrinken.

Mit bitterem, fast schwarzem Humor fragte er sich, warum wahre, tiefreichende Gefühle so oft ihren Ausdruck im Magen finden. Denn plötzlich rebellierte sein Gedärm; eine große Faust war da, presste und drehte sich in seinen Bauch. Schweißperlen traten ihm auf die Stirn, und einen Moment lang fürchtete er, er müsse sich übergeben. Doch er kämpfte dagegen an, behielt alles bei sich.

Dann spürte er die matte, erschöpfte Erleichterung, die auf Übelkeit folgt. Eine köstliche Trägheit überkam ihn, und er entspannte sich, gänzlich verausgabt, mit einem Schlag wunderbar müde. Hätte er nicht gewusst, dass jede Bewegung diese willkommene Lethargie gefährdete, er hätte noch im selben Moment den Nachtclub verlassen und wäre in seine Wohnung zurückgekehrt, um sich aufs wartende Bett zu werfen und ewig zu schlafen. Doch ihm war klar, in welch heikler Balance er sich befand, und so rührte er sich nicht.

Das Orchester hatte eine Pause eingelegt. Aus dem Augenwinkel sah er, wie der Dirigent jetzt auf das kleine Podium zurückkehrte. Müde winkte er den Musikern mit dem Taktstock zu. Sie drückten halb gerauchte Zigaretten aus und griffen nach ihren Instrumenten. Der Taktstock fuhr scharf herab, Musik brandete auf.

Die Atmosphäre im Saal änderte sich, als zahlreiche Leute von ihren Tischen aufstanden und auf die Tanzfläche strömten. Elegante Frauen gestatteten geschniegelten Männern, sie an sich zu drücken, und jene absonderliche, maschinenhafte Präzision, die Gesellschaftstänze zum Ausdruck bringen, nahm Arthurs Blick gefangen.

Sie glichen, wie er fand, einer Vielzahl willfähriger, von ungesehenen Händen geführter Marionetten, zahlreichen, unterschiedlich großen Figuren aus Holz oder Ton, gehüllt in schimmerndes Tuch, angemalt, aufgehübscht, mit automatischem Lächeln ausgestattet, auf und nieder gezogen von unsichtbaren Strippen. Er war kein Zeuge einer gesellschaftlichen Aktivität mit Menschen aus Fleisch und Blut: Was er sah, war eine Pantomime, ein schrecklich groteskes, kindisches Schreckensding mit all der idiotischen Schlichtheit eines Puppentanzes.

Wenn er sich konzentrierte, dann war ihm, als könnte er die Bewegungen dieser Tänzer verlangsamen und kontrollieren, könnte sie, falls gewünscht, in ihrem Tun innehalten lassen, um jede einzelne Haltung zu beobachten und zu analysieren. Ihn amüsierte die Vorstellung, sie als vereinte Körper zu sehen, die gemeinschaftlich spasmisch zuckten und gleich darauf wieder unbeweglich verharrten, bis ein weiterer Takt vom Orchester herüberdröhnte; dann beobachtete er aufs Neue, wie sie zuckten, gleich darauf versteinerten, um dann wieder ihre unwirklichen Verrenkungen fortzusetzen, wie sie sich zu jedem neuen Takt der Musik wanden, drehten, krümmten und wieder erstarrten.

Er änderte die Konzentration seines Blicks und ließ zu, dass sich das Geschehen erneut zu normalem Tempo beschleunigte, woraufhin die Tanzfläche zu einer Grube wurde, in der sich Körper wie Aale wanden und in einem steten flüssigen Wechsel aus Pausieren und Beginnen umeinanderwogten. Männer und Frauen wirkten beinahe aneinandergeklebt, aufeinandergepresst, bis sie eine unregelmäßige, klobige Masse kontrastierender Farben ergaben, zweiköpfige Ungeheuer einer anderen Welt. Lippen wurden über Zähne hochgezogen in lachhaften Kontraktionen, die zugleich ein Lächeln, ein grausiges Fletschen und eine Grimasse heftigster Schmerzen zeigten.

Doch trotz all der hysterischen Bewegungen und des erratischen Geschlängels ging von den Tanzenden etwas im Grunde Mechanisches, Unerbittliches aus. Es war, als würde nur ein unwichtiger, rein körperlicher Teil von ihnen tanzen, während ein anderer, bedeutsamerer Teil aus unvorstellbarer Höhe auf sie herabschaute. Vielleicht aber waren sie auch tatsächlich jene holzleibigen, tongesichtigen Marionetten seiner ersten Fantasie, die sich verzweifelt bemühten, etwas dem Leben Ähnliches darzustellen, doch sie scheiterten schon im Ansatz und wussten um dieses Scheitern.

Er hörte ein leises, diskretes Hüsteln, blickte auf und sah, dass der Kellner geduldig an seiner Seite stand, ein silbernes Tablett mit Brandy und Soda in der Hand. Arthur nickte. Der Kellner stellte das Getränk vor ihm ab und entfernte sich.

Einige Augenblicke lang musterte er im hohen Glas die bernsteinfarbene Flüssigkeit, in der es tief im Innern glühte, als brenne dort eine Flamme. Wie er so dasaß und ins Glas starrte, geradezu gebannt vom reglosen Glimmen und dem einschläfernden Summen der mannigfaltigen Geräusche im Saal, schien es ihm, als verließe er sehr langsam und sacht seinen Körper und stiege in eine andere Dimension auf, von der aus er in eigenartiger Allmacht auf sich selbst herabblicken konnte. Dieser Rückzug aus sich selbst glich keiner Abspaltung, eher einer Verdoppelung, so als teilte sich eine Zelle, schüfe zwei Einheiten, wo zuvor nur eine gewesen war.

Er spürte, wie ausgelaugt er an Geist und Körper war, und begriff, dass der ganze Tag für ihn eine große Anstrengung gewesen war. Dabei konnte er an keinem einzigen Vorfall festmachen, was ihn derart geschwächt hatte – es waren so viele Ereignisse gewesen, eines aufs andere gehäuft, die jedes eine ureigene Anspannung erzeugt hatten, und in ihrer Summe zerrten sie nun so mächtig an seinen blanken Nerven, dass er sich in keiner Weise dagegen zu wehren wusste.

Warum war er an diesen Ort gekommen? Dies war keine Zuflucht, und er hatte das auch geahnt. Welch sinnloser Umstand hatte ihn weiter und weiter geführt, tiefer und immer tiefer hinein in etwas, das ihm nun wie ein verschlungenes Labyrinth vorkam, das frei von jeglicher Ordnung und Bedeutung schien?

Dann aber glaubte er plötzlich, dass ihm nie ein Vorwurf für das gemacht werden konnte, was immer ihm auch im Laufe seines Lebens widerfuhr. Denn er handelte nicht aus eigenem Antrieb, hatte es nie getan. Irgendeine unsagbare Kraft drängte ihn von einem Ort zum anderen, und dies auf Wegen, die er vielleicht gar nicht nehmen wollte, durch Türen, von denen er nicht wusste, wohin sie führten, und es auch nicht wissen wollte. Alles war dunkel, namenlos, und er ging durch diese Dunkelheit.

Er seufzte tief und kehrte in seinen Körper zurück. Die Glut in der bernsteinfarbenen Flüssigkeit wurde zum bloßen Widerbild der verborgenen Saallichter.

Er griff nach dem Glas; es lag kalt in seiner Hand. Er

nippte daran. Das kühle Getränk benetzte seine Oberlippe, kitzelte, betäubte sie. Er schmatzte mit den Lippen, gab vor zu genießen und ließ dann ein langgezogenes ›A-h-h-h‹ nichtssagender Anerkennung hören. Daraufhin lehnte er sich zurück, trank bedächtig und wartete darauf, dass sich ihm der Abend offenbarte, Satz für Satz wie ein noch ungelesenes Buch.

ER SAH DIE JUNGE FRAU nicht auf Anhieb. Behutsam wie einem Träumenden wurde ihm ihre Anwesenheit erst allmählich bewusst, nahm sie anfangs doch nur gleichsam unbewusst einen Teil seines Blickfeldes ein. Vielleicht wäre sie ihm auch gar nicht aufgefallen, hätte sie nicht so reglos dagestanden. In dem Saal, in dem sich alles wie rasend bewegte und doch nie veränderte, war sie das einzige Geschöpf, das stillstand. Die anderen drängten und wuselten auf ihren ziellosen Wegen durch den Raum, sie aber lehnte sich beiläufig und gleichsam immateriell an den breiten Bogen vor der Barnische.

Seine Augen bewegten sich nicht, um die junge Frau genauer anzusehen, und so blieb sie nur eine vage Gestalt in seinem Sichtfeld. Aber selbst ohne sie wirklich zu sehen, hatte er das überaus seltsame Gefühl, dass sie ihn direkt anschaute. Im ersten Augenblick wollte er das als trügerische übersteigerte Wahrnehmung nach mehreren Brandys abtun, doch der Eindruck blieb, und er konnte sich nicht davon befreien.

Es wurde zu einem kleinen Spiel, das er mit sich selbst spielte, ein innerer Kampf, um sich von diesem Gefühl zu befreien, aber ohne sich tatsächlich umzudrehen und die junge Frau anzusehen. Er spürte, wie ihm die unerklärliche Verlegenheit, die man empfindet, wenn man der Empfänger unverlangter, unerklärlicher Aufmerksamkeit wird, die Röte in den Nacken trieb.

Schließlich brachte schon eine kurze Kopfbewegung Klarheit, sagte er sich. Schau zu der Frau hin, aber nur kurz, und wende deine Aufmerksamkeit wieder wichtigeren Dingen zu, zum Beispiel deinem Brandy.

Nur hatte er die Bewegung so lange hinausgezögert, dass sie jetzt keine Kleinigkeit mehr war. Allein der Gedanke daran weckte ein Gefühl persönlichen Versagens.

Mit fast schlechtem Gewissen wandte er schließlich den Oberkörper nach hinten und starrte die junge Frau unmittelbar an, die so leichthin, so gelassen am Rahmen des bogenförmigen Eingangs zur Bar lehnte.

Sie war sehr hübsch. Das fiel ihm gleich auf. Sicher die hübscheste Frau im Saal. Jedenfalls die hübscheste Frau, die er seit Langem gesehen hatte. Ihr kleiner, wohlgeformter Körper steckte in einem eng anliegenden Kleid aus rotem Seidenjersey. Sie stand an den Eingang gelehnt, ein Bein leicht vor das andere geschoben. Er konnte den langgezogenen Schwung von Hüfte und Oberschenkel sehen, über den sich das Kleid in verräterischen Falten ergoss. Sie war dunkel, ihre Haut, ihr Haar, ihre Augen; die Lippen waren voll und leuchtend rot geschminkt.

Und sie *schaute* ihn an.

Dann fiel ihm noch etwas auf. Sie war ziemlich betrunken und lehnte sich nicht an, weil sie sich ausruhte, sondern weil sie Halt suchte. Ihre Lippen waren leicht geöffnet, die Mundwinkel abwärts geschwungen, sodass sie einen fast vollkommenen Halbkreis formten. Und obwohl sie ihn unablässig anstarrte, lächelte sie nicht.

Die Verlegenheit kehrte zurück, überlagerte das flüchtige

Hochgefühl, das ihn beim Anblick dieser schönen Frau für einen Moment erfasst hatte. Sollte er noch einmal über die Schulter schauen und tun, als hätte er sie nicht gesehen? Doch er entschied sich dagegen; er hatte sie schon zu lange und zu aufmerksam betrachtet. Rasch schluckte er, neigte den Kopf und zwang sich ein unsicheres Lächeln auf die Lippen.

Sie aber reagierte keineswegs sofort auf seinen kleinen Gruß. Keine Regung huschte über ihre nachdenkliche Miene. Gut eine halbe Minute lang erwiderte sie bloß seinen Blick, während ihm zunehmend unbehaglich zumute wurde. Dann aber setzte sie sich ohne jede Vorwarnung in Bewegung und torkelte auf ihn zu.

Er spürte, wie ihn kurz und heftig Panik überfiel. Warum nur, dachte er kläglich, habe ich sie angelächelt? Er wollte nicht mit ihr reden, wollte sie nicht an seinem Tisch haben. Er wusste weder, was er sagen, noch, was er tun sollte, wenn sie gleich kam. Überstürzt kippte er den warmen Rest Brandy und Soda in sich hinein.

Dann stand sie vor ihm, bedenklich taumelnd und schwankend, und musterte ihn neugierig. Da er fürchtete, sie könnte fallen, sprang er auf und machte eine steife Verbeugung. Erst jetzt spürte er, dass ihm der Alkohol zusetzte. Ihm war ziemlich schwindelig, der Saal kippte. Er griff nach der Sessellehne und lächelte die Frau an.

»Wie geht es Ihnen?«, fragte er förmlich. »Möchten Sie sich nicht setzen?«

Sie betrachtete ihn mit glasigem Blick. Ihre Stimme klang rau und nur leicht betrunken.

»Ich bin mit jemandem hier. Weiß nicht, wo er jetzt ist. Ich glaub, er ist gegangen.«

Das Lächeln auf ihren Lippen war wie erstarrt.

»Tatsächlich? Was Sie nicht sagen. Nun – setzen Sie sich. Bitte, setzen Sie sich.«

Sie sank in den Sessel, den er für sie vorgezogen hatte, ein Manöver, das ihr graziös gelang.

»Durstig«, sagte sie, »sooo durstig.«

Seine Panik hatte sich gelegt. An ihre Stelle war eine Art überschäumende Zufriedenheit getreten. Sorglos wedelte er mit einem Arm durch die Luft, rief den Kellner.

»Natürlich«, sagte er zu der jungen Frau. »Unbedingt. Was hätten Sie gern?«

»Das ist mir egal. Das ist mir ganz und gar egal.«

Er vernahm ein Räuspern, worauf er sich umdrehte und feststellte, dass der Kellner wiederum geduldig an seiner Seite stand. Rasch dachte er nach, biss sich unentschlossen auf die Unterlippe. Dann: »Ach, lassen Sie uns Champagner trinken.« Die Worte, die wie beiläufig klingen sollten, klangen angestrengt und unsicher.

Er wandte sich zu der Frau um. »Wäre Ihnen Champagner recht?«

Sie nickte gleichgültig.

Zum Kellner gewandt sagte er: »Ja, Champagner.«

Der Kellner sah ihn zweifelnd an, schüttelte dann den Kopf und ging.

Mit einem Lächeln drehte sich Arthur wieder zu der jungen Frau um und strahlte sie an; sie dagegen beäugte ihn gelangweilt.

»Hallo, mein Schatz«, sagte sie.

»Hallo.« Er lachte. »Ich heiße Arthur Maxley.«

»Mein Schatz«, sagte sie. »Sie sind jetzt mein Schatz.«

Wieder lachte er. »Und wer sind Sie?«

»Ich? Wer ich bin? Oh, ich bin Claire. Claire Hegsic. Und ich bin Bohemienne, Unsinn, Böhmin.«

Er lächelte verwirrt. »Wie nun?«

»Meine Nationalität. Ich komme aus Böhmen.«

»Nette Nationalität«, sagte er. »Sehr nett.«

»Habe ich Ihnen gesagt, dass ich mit jemandem hergekommen bin? Tja, bin ich. Aber jetzt ist er weg. Einfach weg. Keine Ahnung, wohin.«

Er setzte eine erstaunte Miene auf. »Sie meinen – er hat Sie hier alleingelassen? Wie konnte er?«

Finster stellte Claire fest: »Er ist ein Arschloch, glaub ich.«

Sie sinnierte eine Weile über diese Einsicht.

Dann verkündete Claire: »Sie gefallen mir besser.«

Er plusterte sich auf. »Das ist gut«, sagte er. »Sehr gut. So sollte es auch sein.«

Ihm war leichtsinnig zumute, und er begann, die Dinge in neuem Licht zu sehen. Seine Depression war verschwunden, die Anspannung hatte nachgelassen. Alles war schön, wunderbar; und so eine göttliche Kreatur hier, an seiner Seite! Er himmelte sie an. Sie erwiderte seinen Blick, aber er wusste, dass sie ihn eigentlich nicht wahrnahm. Da war immer noch dieses Nachdenkliche, diese undurchdringliche Introvertiertheit, die sie nicht zueinanderfinden ließ. Aber warte nur, dachte er, warte nur, jubelte er. Das wird sich ändern.

Der Kellner brachte den Champagner und unterbrach seinen Gedankenstrom. Fasziniert sah Arthur zu, wie der Mann Seltsames mit der Flasche anstellte. Als der Korken herausschoss, fuhr er zusammen und kicherte nervös.

»Ich mag Champagner«, sagte Claire. »Er kitzelt, kitzelt bis ganz nach unten.«

Er lachte entzückt, zustimmend. Feierlich leerten sie ihre Gläser.

»Nur sitzt nichts dahinter«, sagte sie dann. »Ich hab's lieber mit einem bisschen Wumm.«

Sie redete langsam, verträumt. Beim Zuhören verlor er den roten Faden dessen, was sie sagte; ihm genügte, sich von ihrer angenehmen Stimme einlullen zu lassen, doch fragte er sich unterdessen, was für ein Mensch sie wohl sei. (Sie war durch und durch wunderbar, so viel war klar, aber …) Woher kam sie? Wo wohnte sie? Was war sie von Beruf? All diese trivialen Dinge, die so belanglos schienen. Er würde sie später erfahren, gewiss, aber jetzt fand er es doch höchst amüsant, dem sanften Schlaflied ihres Geredes zu lauschen und dabei über sie zu spekulieren. Stenografin? Nein. Sie wirkte nicht wie eine Sekretärin, überhaupt nicht; außerdem waren ihre Fingernägel viel zu lang, feuerrot lackiert, derselbe Farbton wie ihre Lippen. Diese Finger hämmerten auf keine Schreibmaschine ein. (Er war über Gebühr stolz auf seine Schlussfolgerung.) Verkäuferin? Angestellte? Nein, dazu war sie auch nicht der Typ. Zu vornehm, zu gepflegt. Was aber dann?

Es war höchst angenehm, sich in diesem überfüllten Saal zurückzulehnen, in dem es ausgelassen herging, sich zu entspannen und der charmanten Stimme einer attraktiven Frau zu lauschen, während man über sie nachdachte und das Einmaleins der Existenz dieses Geschöpfes zu ergründen suchte. Eine geheimnisvolle Frau. Das klang recht banal, aber ihm gefiel es. Ihre Motive, warum sie an einem Ort auftauchte, blieben dunkel und unergründlich – niemand wusste, woher sie kam und wohin sie ging – ein um Mitternacht geflüstertes Wort, ein Rendezvous, eine weiße

Rose in diesem dunklen Haar (Oh, unbedingt, eine weiße Rose in diesem schönen Haar!) – gütig und unendlich weise, allwissend, allverstehend. Jetzt sollte das Orchester die schwermütigen Klänge eines bekannten Walzers anstimmen – damals die Nacht in Wien –, der Opernball, und jene geheimnisvolle Frau, die alle verehrten und niemand kannte.

Er gluckste vor sich hin, kicherte nahezu unhörbar. Was für *verrückte* Gedanken: wie eine Geschichte in einer Zeitschrift. Dann, trotzig: Nein, es waren schöne Fantasien, wirklich schön. Und warum sollte es ihm nicht erlaubt sein, schöne Fantasien zu haben? Was sprach dagegen?

Er fühlte sich vollkommen schwerelos, während er Claire durch den festlichen Dunstschleier zulächelte. Sie hatte aufgehört zu reden und starrte ihn nun mit ihren seltsam leeren Augen an.

»Was?«, fragte er. »Was haben Sie gesagt?«

Sie schwieg noch einen Moment, dachte nach. »Ich weiß es nicht«, sagte sie dann. »Ich kann mich nicht erinnern.« Anschließend zeigte sie mit zittrigem Finger auf die Champagnerflasche. Sie wartete.

»Wie?«, fragte er verständnislos.

»Die Flasche«, sagte sie ernst. »Sie ist leer.«

Er schaute sie überrascht an. So schnell? Zeit hatte keine Bedeutung: Ihm war, als hätte der Kellner gerade eben erst den Korken gezogen, woraufhin sie mit dem ersten Glas angestoßen hatten.

»Tatsächlich«, sagte er. »Leer. Tja, dagegen müssen wir wohl was unternehmen.«

Er gab dem Kellner ein Zeichen, und er kam zu ihnen.

»Wie heißen Sie?«, fragte er.

»Nichols«, antwortete der Kellner amüsiert.

»Nick, die Dame hier und ich …« Fragend drehte er sich zu ihr um. »Noch eine?«

»Nein«, sagte sie. »Lieber was mit einem bisschen Wumm.«

»Irgendwas mit Wumm dahinter, Nick. Bringen Sie uns eine Flasche …« Mit unsicheren Händen deutete er die gewünschte Dimension an. »Eine große Flasche.«

Nichols lächelte liebenswürdig. »Tut mir leid, an den Tischen sind keine Flaschen erlaubt.«

»Tja, na schön«, sagte Arthur versöhnlich. »Ist schon in Ordnung. Dann bringen Sie uns Brandy. Große Gläser. Und immer schön nachschenken.«

Wieder lächelte Nichols, nickte und verzog sich.

Als würde dem Orchester mit einem Mal peinlich bewusst, wie lange es pausiert hatte, begann es jäh wieder zu spielen.

»Mir ist schlecht«, erklärte Claire. »Lassen Sie uns tanzen.«

Verwirrt runzelte er die Stirn, stellte ihre Logik aber nicht infrage; trotzdem zögerte er.

»Ich fürchte, ich kann nicht besonders gut tanzen.«

»Sie können sich doch bewegen, oder?«

»Ja.«

»Nun, dann kommen Sie.«

Mit einiger Mühe gliederten sie sich in die Masse der Leiber ein. Zaghaft legte er eine Hand an ihre Hüfte. Seine Finger berührten ihren nackten Rücken, und er zuckte zurück wie von einem elektrischen Schlag. Sie kicherte, und ein wenig verlegen berührte er sie erneut, griff diesmal fester zu. Sie presste sich an ihn, und sie bewegten ihre Körper (es fehlte an Platz, auch die Füße zu bewegen) im engen, intimen Rhythmus der Musik. Jetzt, dachte er, bin ich auch eine Marionette, hänge an unsichtbaren Fäden: Ich bin herabgestiegen in die Grube und bin nun auch einer von ihnen.

Während sie sich langsam, sinnlich im Takt der Musik wiegten, war er sich des Körpers der jungen Frau überdeutlich bewusst. Sie hatte ihm einen Arm um den Hals gelegt und drückte sich nun mit einer fast unpersönlichen Gier an ihn. Ihre harten, festen Brüste drängten gegen sein Hemd, und er konnte spüren, wie sie ihre Schenkel an sein Bein drückte, spürte das leichte Beben ihres Bauches, während sie sich gemeinsam bewegten. Ihr Gesicht hatte sie emporgereckt, bis sich ihre Wangen berührten, und ihr schwerer Atem kitzelte ihn am Ohr. Er wich ein wenig zurück, um ihr ins Gesicht zu schauen. Einen Moment verharrten sie so, Augen und Köpfe unbewegt, und starrten einander an, während ihre Leiber weiter sanft schwankten. Ein träges, schläfriges, entzücktes Lächeln. Er bildete sich ein, tief drinnen in diesen halb geschlossenen Augen die schwelende Glut aufgehäufelter Feuer zu erkennen. Mit einer launischen Geste und ohne dass sich in ihrem Gesicht das Mindeste änderte, zog sie seinen Kopf zu sich herunter, und wieder konnte er das Auf und Ab ihres Atems an Ohr und Wange fühlen.

Er hatte kaum mitbekommen, dass der Tanz zu Ende war. Sichtlich aufgewühlt löste er sich von ihr und nahm ihren Arm; sie gingen an den Tisch zurück. Er atmete schwer und spürte, dass sein Gesicht rot angelaufen war. Sie setzten sich; er schaute sie über den Tisch hinweg an. Auf ihrem Gesicht lag erneut die alte Maske missmutiger Langeweile.

Ihre Augen wirkten wieder glasig, und unerklärliche Unzufriedenheit zog die Mundwinkel nach unten. Er merkte, wie sehr es ihm gegen den Strich ging, dass sie äußerlich ungerührt wirkte und so bar aller Gefühle, die sie auf der Tanzfläche noch gezeigt hatte.

Vergebens bemühte er sich, das Zittern in seiner Stimme zu unterdrücken.

»Fühlen Sie sich jetzt besser?«

Sie nickte.

»Viel besser. Wo bleibt nur der verdammte Kellner?«

»Da kommt er.«

Die Getränke wurden vor ihnen abgestellt. Gleichzeitig hoben sie beide ihr Glas an die Lippen und tranken. Als er seines abstellte, war es noch mehr als halb voll, Claire aber hörte erst auf zu trinken, als ihr hoher Kelch leer war.

»Schon besser«, sagte sie. »Da sitzt was hinter.«

»Brandy.«

»Ach ja? Nun, nach einer Weile schmeckt alles gleich.«

Er wusste, er wurde betrunken. Der Kiefer sackte schlaff herab, der Mund hing offen, Worte strömten ihm flüssig über die Lippen, dabei hatte er keine Ahnung, was er sagte; er wusste nur, dass ihm die Unterhaltung wundersamerweise leichtfiel, dass seine Stimme endlos dahinfloss. Vom unaufhörlichen Grinsen taten ihm die Wangenmuskeln weh.

Eskapismus, natürlich, dachte er, reiner Eskapismus. Wie er diesen Begriff hasste. Wie er ihn hasste! Viel zu puritanisch. Er war für Reaktionen erfunden worden, für die sich keine einfachen Erklärungen finden ließen, für edle ebenso wie für verwerfliche. Eskapismus. Natürlich. Flucht aus einem großen Chaos in ein kleineres. Hier kannte er zumindest das Chaos, auch wenn er es nicht durchdrang: Man stelle sich ihm direkt, besiege es, notfalls nur für einen Moment, und selbst wenn man sich dafür besinnungslos besaufen musste. Brandy und Soda, das Elixier unserer Zeit. Die mehr als angeheiterte Claire seine verehrte Demoiselle.

Er schüttelte den Kopf, noch immer ein breites Grinsen im Gesicht, ihm war klar, und es machte ihm nichts aus, dass er keine Kontrolle über seine Gedanken hatte. Wie in eine sanfte Brise geworfener Distelflaum wehten ihm die Gedanken ziellos durch den Sinn.

»Was gibt es denn da zu grinsen?«, fuhr Claire ihn ein wenig herausfordernd an.

Erschrocken riss er sich zusammen und neigte sich ihr in unschlüssigem Ernst zu.

»Nichts. Ich meine …« Und von der plötzlichen Einsicht selbst verblüfft, sagte er: »Es geht mir einfach gut.«

Das Herausfordernde verschwand, und Claire passte sich seiner Laune beschwipster Ernsthaftigkeit an.

»Aha, ich verstehe. Es geht Ihnen also gut.«

»Ja, Ihnen nicht?«

»Aber sicher doch«, erklärte sie unbestimmt. »Warum auch nicht?«

»Ich hoffe wirklich, es geht Ihnen gut«, sagte er in beinahe schüchternem Ton. »Ich möchte, dass Sie sich vergnügen.«

Sie betrachtete ihn mit träger Neugier. »Ich kann Sie nicht sehen. Kommen Sie her. Näher.«

Er rückte den Sessel näher heran. Sein Knie streifte flüchtig ihr Bein. Geschickt drängte sie sich enger an ihn.

»Besser so?«, fragte er.

Sie lächelte ihr träges, abwesendes Lächeln. »Ja, jetzt kann ich Sie besser sehen. Sie sind nett. Was sagten Sie, wie heißen Sie noch mal?«

Er sagte seinen Namen noch einmal, war sich dabei aber kaum ihrer Frage, kaum seiner Antwort bewusst. Er fasste unter dem Tisch nach ihrer Hand. Als seine Finger ihren Schenkel berührten, zuckte er zurück, doch mit einer raschen, vorschnellenden Bewegung griff sie zu, umschloss seine Hand und zog sie an sich, bis sie erneut auf ihrem festen, warmen, glatten Schenkel ruhte.

Unterdessen änderte sich ihre Miene nicht, und auch die Worte strömten ihr weiterhin mühelos über die Lippen. Es war, als wäre diese kleine Nebenhandlung etwas vollständig anderes, losgelöst von ihrer beider Verstand, ihren Stimmen, etwas, dessen sie sich nur halb bewusst waren.

»Arthur. Was für ein hübscher Name. Sie gefallen mir, Arthur.« Im selben Augenblick aber schaute sie von ihm fort und fragte: »Wo bleibt nur der verdammte Kellner?«

Mit seiner freien Hand winkte Arthur ihn herbei. Der Kellner, der sie geduldig im Auge behalten hatte, nickte und verschwand.

»Wem haben Sie zugewunken?«, fragte Claire ohne jede Neugier.

»Dem Kellner. Er holt uns was zu trinken.«

»Oh, das ist gut. Ich habe nicht gewusst, wem Sie zuwinken, deshalb habe ich gefragt.«

Es folgte ein Moment des Schweigens. Der Kellner näherte sich ihrem Tisch und stellte die Getränke ab. Sie wiederholten das automatische Ritual, hoben mit der jeweils freien Hand das Glas, prosteten sich stumm zu und tranken. Arthur setzte sein Glas ab und fuhr mit seinen Fingern gedankenlos die kalten Konturen nach.

Claire beobachtete ihn aufmerksam.

»Machen Sie so weiter«, sagte sie.

Er sah sie verständnislos an.

»Ihre Hand«, sagte sie. »Bewegen Sie sie weiter. Ich mag Ihre Hände.«

Er hob die Hand, bis sie sich auf einer Höhe mit seinen Augen befand, und er starrte sie lange an, als fiele es ihm schwer zu glauben, dass sie wirklich Teil seines Körpers war.

»Oh«, sagte er. »Sie meinen meine Hände.«

»Ja.«

Rasch langte sie nach oben, fing seine Hand und zog sie herab, bis sie kraftlos auf dem Tisch lang, die Finger gespreizt, die Handinnenfläche nach oben.

»Eine sehr schöne Hand«, fuhr sie fort. »Ich achte immer auf die Hände. Sie sind das Erste, worauf ich achte. Manche sehen anderen Leuten in die Augen, manche ins Gesicht oder aufs Haar, aber ich schaue immer auf die Hände.«

Beim Reden hielt sie den Blick mit trüber Konzentration auf das elegante Stück Fleisch gerichtet, das ihm am linken Unterarm hing, denn so kam es ihm nun vor, als er ihrem Blick folgte, hinsah und diesen Teil seiner Anatomie kaum wiederzuerkennen meinte. Er ließ seine Finger versuchsweise zappeln, eine Bewegung, die sie beide entzückte.

»Wie Schlangen«, sagte sie. »Weiße Schlangen, und ich mag Schlangen. Ich habe keine Angst vor ihnen.«

Sie waren wirklich wie Schlangen, dachte er, lange, weiße, gelenkige Schlangen mit harten rosafarbenen Köpfen. Der Gedanke ließ ein gewisses Maß an angenehmem Grauen aufkommen.

»Was machen Sie mit Ihren Händen?«, fragte sie leicht nuschelnd, doch klang ihre Stimme durchaus angenehm, warm und kräftig, die Betonungen weich und bestimmt gesetzt. »Sie müssen was Schönes damit machen – malen Sie?

Spielen Sie Musik? Was machen Sie mit Ihren Händen, Arthur?«

Er lächelte sie freundlich an und spürte in sich eine wachsende Macht. »Nichts«, sagte er. »Ich bin ein Parasit.«

»Was auch immer, Sie machen es bestimmt auf eine nette Art«, fuhr sie fort, als hätte er nichts gesagt. »Mit Händen wie Ihren machen Sie es bestimmt auf eine sehr nette Art.«

Und im selben Augenblick überflutete ihn eine unabwendbare Zuneigung für die dunkle, liebenswerte junge Frau an seiner Seite. Er wusste, er könnte die Gefühle weganalysieren, wusste, wenn er darüber nachdachte, würde er feststellen, dass sie dem Brandy entsprangen und nichts weiter als eine rührselige Reaktion auf zu viel Alkohol waren. Selbst diese spontane Einsicht aber vermochte die Intensität seiner Gefühle nicht zu mindern. Auf eine wortlose Art spürte er, dass von dieser Frau etwas überaus Freundliches, Gutes und Großzügiges ausging, etwas, das tiefer als ihre gewöhnlichen Worte reichte, so tief sogar, dass es ihm an Worten für eine Erklärung fehlte.

»Sehen Sie«, platzte es aus ihm heraus. »Hören Sie, ich möchte Ihnen etwas sagen. Kann sein, ich bin ziemlich betrunken, aber trotzdem, ich … ich glaube, Sie haben recht. Ich … ich mag Sie. Sie sind schön und … aber das ist gar nicht, was ich sagen will. Ich meine, das ist ein Teil davon, aber …« Wie ein Wirbelsturm erfasste ihn plötzlich großes Selbstmitleid, und er sagte: »Mir macht nichts richtig Freude. Wissen Sie, was ich meine? Keine … Freude. Aber der heutige Abend macht mir Freude. Solange ich mich erinnern kann, hat mir nichts eine ähnliche Freude gemacht.« Bekümmert schüttelte er den Kopf. »Und das allein Ihretwegen. Wenn Sie heute Abend nicht hier wären, dann …

nun ja, ich wünschte nur, es könnte immer so weitergehen. Und das bloß Ihretwegen.«

Er hielt inne, lehnte sich zurück, entflammt von wilder, doch auch angenehmer Scham, zumindest jener Teil in ihm, der sichtlich von den eigenen Worten und ihrer Ernsthaftigkeit angetan war. Der andere Teil aber, der distanzierte Zuhörer in ihm, brannte vor einer anderen Art Scham, sobald ihm aufging, wie unangemessen und unbeholfen das Gesagte klingen musste.

»Sie sind süß.« Claire musterte ihn eine Weile aus halb geschlossenen, feuchten Augen. »Ich mag Sie, wenn Sie so reden.« Er spürte, wie seine Hand unterm Tisch fester gedrückt wurde. »Sie bleiben bei mir, ja? Sie gehen nicht und lassen mich allein wie dieser andere Mann?«

Er schluckte. »Ich bleibe bei Ihnen.«

»Das ist gut.« Sie schloss die Augen und lehnte sich schwankend weiter zu ihm vor, als wäre sie plötzlich erschöpft. »Wenn Sie gehen, bin ich einsam.«

Von ihrer Trägheit angesteckt, schloss er dann gleichfalls die Augen, rollte sie zufrieden und empfand ein drängendes Bedürfnis nach Dunkelheit, nach behaglicher Zurückgezogenheit und Stille, das Bedürfnis nach einem Ort, an dem er sich entspannen und an dem er behutsam ihren Körper berühren konnte, keineswegs mit unmittelbarem Ziel und Zweck, sondern allein aus leidenschaftsloser, zufriedener Muße. Er wünschte sich sogar, blind und blicklos zu sein, denn nur dann würde er in vollem Maße jenen unempfindlichsten, stumpfesten all unserer Sinne genießen können, den Tastsinn.

Wie gut es die Blinden doch haben, sinnierte er, diese Blinden, die sich nicht mit der brutalen Aufdringlichkeit des Sichtbaren auseinandersetzen müssen, die allein leben, allein in ihrer privaten Welt dunkler Schönheit, die, wenn sie ein physisches Etwas näher kennenlernen wollen, es untersuchen und seine Kontur ertasten können, frei von aller visuellen Wahrnehmung, welche Erfahrung und Begreifen allzu oft in die Irre leiten.

In diesem Saal, unter qualvollem Lärm und gleißendem Licht, wünschte er sich, blicklos und taub zu sein, eine warme Masse aus empfindlichem Fleisch, die fühlen und verstehen konnte, aber keine Erfahrung besaß; eine träge Substanz, die nicht sah, nicht hörte, nicht sprach.

Er presste die Lider noch fester zusammen, versuchte, das gleißende Spektakel dieses Saals auszublenden, aber es gelang ihm nicht. Formen und Gestalten verschwanden zwar, doch nahm er immer noch Bewegung und das sich stetig verändernde Licht wahr. Eine rosenrote Glut ließ sich nicht aus seinem Blickfeld zwingen, das Gleißen drang durch die dünne Haut seiner Lider, und sosehr er sich auch anstrengte, es gelang ihm nicht, diese verstörende Lichtempfindung zu verbannen.

Seine Hand lag immer noch geborgen unter Claires Fingern. Durch den dünnen Stoff ihres Kleides konnte er die weiche Glätte ihres Schenkels fühlen. Die Haut war warm, fast heiß, und er glaubte, ihr Weiß zu *fühlen*. Ja, er meinte auch, das kräftige, gierige Pulsieren ihres Blutes, das verborgene Beben unter der Haut zu spüren.

Er holte tief Luft und öffnete die Augen. Der Saal drehte sich schwindelerregend um ihn. Rasch schloss er die Augen wieder.

Claires Stimme durchdrang seine unvollkommene Dunkelheit.

»Woran denken Sie? Warum halten Sie die Augen geschlossen?«

»Einfach so.« Er lächelte. »Ich schließe immer die Augen, wenn ich glücklich bin.«

»Aber dann können Sie mich nicht sehen. Wollen Sie mich denn nicht sehen?« Ihre Stimme verriet keine Eitelkeit, keine Gekränktheit, nur direkte, unverblümte Neugier.

»Ich kann Sie fühlen. Das ist besser.«

Sie kicherte. Es war, als sprudelte frisches Wasser über Felsen in einem sonnenhellen Bach.

»Ich mag Ihre Hand dort. Es ist eine so schöne Hand. Ist es nicht schrecklich, so etwas zu sagen?«

»Nein, natürlich nicht. Es ist sehr nett.«

Er hatte die Augen immer noch nicht wieder geöffnet. Die langsame Bewegung ihrer Finger auf seiner Hand erfüllte ihn mit einer lethargischen Sinnlichkeit, die mit dem Streicheln selbst ausgelebt wurde, darüber hinaus gab es keinen Wunsch, kein Begehren. Fast schien ihm, sie sei selbst blind und präge sich mit den Fingerspitzen jeden Schwung, jede Senke seiner Hand ein.

Und wieder packte ihn das Verlangen, ihr seine übergroße Zufriedenheit mitzuteilen. Nur war da diese Hürde, immer diese Hürde der Worte, und was er jetzt empfand, überstieg alle Worte, ging tiefer, war bedeutungsvoller. Er öffnete den Mund, um zu reden, dann schloss er ihn wieder und sagte nichts.

Denn in ebenjenem Moment begriff er, dass dieses Verstehen, nach dem er sich so sehnte, einzig und allein zwischen ihnen erwachsen musste, ungefragt und uneingestanden. Einen Moment lang glaubte er, dass er hinter das Geheimnis von Verstehen gekommen war.

Genau dies war es, was Frauen und Männer zueinander zog: Es war keine Begegnung von Gleichgesinnten oder Seelenverwandten, nicht die Vereinigung der Leiber im dunklen Wahn der Kopulation – nichts dergleichen. Es war das zarte Verlangen, ein Band zu knüpfen, eine Verbindung, feiner als die feinste Spitzenschleife. Darum allein strebten sie einander entgegen, unaufhörlich und im Grunde stets allein; nur deshalb liebten und hassten sie, sammelten und verwarfen. Um dieses kleinen Bandes willen, das sie aus Angst vor dem Zerreißen nie belasten konnten, einzig um dieses zarten Bandes willen, mit dem sie nichts festzuzurren vermochten vor lauter Angst, es könnte zerreißen.

Wie allein wir doch sind, dachte er. Immer allein.

Vage überrascht sah Claire ihn an, und es ärgerte ihn, dass er seinen Gedanken wohl laut ausgesprochen hatte.

»Allein?« Sie klang verwirrt. »Aber wir sind doch nicht allein.«

Er rang sich ein Lachen ab. »Nein, so habe ich es nicht gemeint. Es ging um etwas anderes. Ich habe an etwas anderes gedacht, an etwas ganz anderes.«

»Warum?«, fragte sie. »Warum an was anderes denken?«

»Genau. Warum nur?«

Er winkte den Kellner zu sich. Mit einem Mal war er wieder ganz beschwingt. Eigentlich fühlte er sich auch überhaupt nicht mehr betrunken; er spürte nur, wie ihn ein taubes, ekstatisch warmes Gefühl erfüllte, ihn entspannte. Er hatte auch kaum Mühe, sich in Worten auszudrücken.

Doch noch während er dem Kellner aufgeregt winkte, wurde der Saal vor seinen Augen dunkel. Ihn überlief unvermittelt ein instinktiver Schauer der Angst, als umdrängte ihn der Nebel des Todes, dann aber sagte ihm sein Verstand, dass das Licht heruntergedreht wurde. Mit fragendem Blick wandte er sich an Claire.

»Gleich«, sagte sie. Er sah, dass sie die Lider nun weit geöffnet hatte; sie schaute ihn direkt an, sah ihn aber immer noch nicht; in ihrem Blick glitzerte so etwas wie Aufregung.

»Was ist?«, fragte er.

»Volita.«

»Volita?«, wiederholte er verständnislos.

»Natürlich. Sind Sie nicht gekommen, um Volita zu sehen?«

»Wie – nein. Wer ist Volita?«

»Sie wissen gar nicht, wer sie ist? Alle kommen nur ihretwegen.«

»Oh«, sagte er.

»Das ist der einzige Grund, weshalb sie alle kommen.«

Als sie aufhörten zu reden, war es fast vollständig dunkel. Claire rückte näher. Er konnte ihre Schultern an seiner Brust spüren, die leichten Bewegungen ihres Körpers, wenn sie atmete.

Und dann, als der Saal zu einem Karree riesiger, unscharfer Schatten wurde, senkte sich Stille auf die Anwesenden herab; die Luft schien vor gemurmelter Erwartung bersten zu wollen. Als seine Augen sich an die Dunkelheit gewöhnt hatten, konnte er ein einförmiges Meer an Gesichtern ausmachen, die unbewegt und wundersam im Raum zu schwimmen schienen.

Das nun unsichtbare Orchester begann zu spielen. Erst eine langsame, überirdische Melodie auf einem Holzblasinstrument, dann setzten im Hintergrund Streicher ein, wurden lauter, gaben Fülle und Klang dazu, drängten sich beharrlich immer stärker auf, dazu ein verwaschenes Tab-

tab-tab auf der Trommel, bis zum Schluss das Orchester nur ein einziges Instrument zu sein schien, das einen sinnlich suggestiven Melodienreigen von sich gab.

Und während die Musik sich steigerte, begann irgendwo aus der Tiefe des Saals ein Licht zu glühen und schien herab auf den nackten Boden. Anfangs konnte man nichts erkennen, doch je lauter die Musik wurde, desto heller wurde das Licht.

Und dann war sie da, Volita, reglos hockend, abwartend, überirdisch und still.

Eine leichte Unruhe kam auf, als man sich im Publikum vorbeugte, um besser sehen zu können.

Ihre Haut schimmerte in einem warmen, goldenen Braun. Sie war spärlich mit einem gazeähnlichen Stück Stoff bekleidet, das locker um ihre Hüften hing. Der füllige Busen drängte aus einem ähnlichen Stoffstreifen hervor. Um die Knöchel hingen Girlanden aus Hibiskusblüten. Weiter hatte sie nichts an.

Eine Haarmähne rahmte ungleichmäßig ihr wildes Gesicht, ein Antlitz, scheinbar frei von Gedanken: Schwere, träge Lider hingen tief über stürmischen Augen; eine schmale Nase, deren Nüstern sich überraschend weiteten; volle, sinnliche, leicht geöffnete Lippen entblößten spitze weiße Zähne.

Die erste Bewegung, die er wahrnahm, war das Wringen ihrer Hände in fast unmerklichen leidenschaftlichen Bewegungen. Sie bewegten sich, als seien sie in ihrer Existenz nicht auf Volita angewiesen, sondern lebten und atmeten allein im heißen Takt der Musik. So bedächtig, dass das Zusehen fast zur Qual wurde, eine Bewegung, die von den Fingerspitzen zu den Handgelenken wanderte, die Arme hinauf, dann zu den glatten Schultern. Unter ihrer geölten Haut konnte er das zarte Spiel ihrer Muskeln sehen, anmutig und so fließend, als ringelten sich dort viele Schlangen. Nach und nach begann ihr ganzer Leib, im Einklang mit dem Atem der Melodie zu beben.

Und doch machte sie nicht den Eindruck, sich *mit* der Musik zu bewegen. Es war, als triebe sie eine teuflische Kraft, die nicht die ihre war, eine Kraft, gegen die sie sich vergebens wehrte. Sie hing an den Fäden der Musik, und auch wenn sie sich deren Macht mit all ihrer bebenden Kraft zu widersetzen suchte, konnte sie sich doch nur drehen und wenden, wie die Musik es bestimmte. Mühelos, unendlich langsam, Zentimeter für Zentimeter, zogen die Töne sie in die Höhe, während sich ihre nackten Arme in separaten Sphären schlängelten und wanden. Gegen immer geringeren Widerstand schwankte sie sanft hin und her, besänftigend, zögerlich, wobei die Arme weiterhin ihren eigenen Tanz in einem anderen Leben zu den wilden Untertönen des Rhythmus führten.

Im unbarmherzigen Gleißen des Scheinwerferlichtes glänzte und schimmerte ihr Körper, sobald sie sich bewegte, als wäre er mit zahllosen Pailletten besetzt. Arthur beugte sich in seinem Sessel vor, beugte sich über den Tisch und war sich kaum noch der Anwesenheit anderer Gäste bewusst, so sehr konzentrierte er sich auf dieses seltsame Geschöpf, das sich derart lüstern in der Mitte des Saals rekelte.

Das Tempo der Musik zog an, wurde hektischer, und Volita gab den letzten Rest Widerstand auf, um sich in die Arme ihres rhythmischen Liebhabers zu werfen. Sie tanzte und wirbelte durch den Saal wie besessen, und dieselbe

Besessenheit ergriff alle, die mit ihr hier waren, schloss sie ein, und sie atmeten hörbar schneller, ein Atem wie eine heftige nächtliche Brise, und ihre Haut kribbelte beim Anblick dieser zügellosen Frau.

Es war etwas von der Tänzerin ganz und gar Losgelöstes, dieser Tanz. Das Zucken ihrer Glieder, das Schimmern ihrer Haut, die vollkommenen, unbekümmerten Bewegungen, der pulsierende Takt-Takt-Takt, dieses Blut der Musik – all das vermischte sich und verschmolz, bis es fast ein eigenes Element war, unabhängig von allen geringeren Teilen, die zusammen das Ganze bildeten.

Und der Tanz wurde immer noch wilder. Volitas Lippen waren hochgezogen und eng an die weißlich schimmernden Zähne gepresst. Mit geschlossenen Augen wirkte sie verloren in diesem masochistischen Kampf, diesem Ringen in Selbstfolter. Ihre Brüste drängten vor, bis sie das dünne Tuch, das sie bedeckte, zu zerreißen drohten. Die glatten Bauchmuskeln drehten und wanden sich; ihr Körper bebte unbeherrscht in mühelosen Zuckungen.

Sie wirbelte jetzt so schnell, so verrückt, dass sie nur noch einer glitzernden Unschärfe glich. Für Bruchteile von Sekunden brannten sich seinem Auge zittrig flüchtige Blicke auf bebende Schenkel und Brüste ein. Seine Ohren füllte das langsame, stimmlose Seufzen, das durch den Saal kreiste. Und er selbst war auch gefangen im gemeinen Netz, war angespannt und fasziniert, als er sich vorbeugte und verzweifelt versuchte, die letzten wichtigen Momente dieses Tanzes zu erhaschen.

Und mit einem kreischenden Crescendo war es dann vorbei. Zu einem letzten, misstönenden Takt querte Volita die Bühne in einem ungeheuren, jubilierenden Sprung und landete mit panthergleicher Anmut und Leichtigkeit nur wenige Schritte vor Arthurs Tisch.

Auf ihrem Gesicht lag ein Ausdruck tiefer, frohlockend wilder, fast verrückter Ekstase. Und im selben Moment nahm er die Umgebung nicht länger wahr. Seine Augen waren wie gebannt von diesem Gesicht, das unter seinem starren Blick wuchs und wuchs und zu unglaublichen Proportionen anschwoll, bedrohlich und unersättlich.

Blindlings erhob er sich und meinte, jemanden in unerträglicher Pein aufschreien zu hören. Vielleicht war er es selbst gewesen. Er wusste es nicht.

Denn plötzlich war es das Gesicht seiner Mutter, das er sah; und das war höchst eigenartig, denn es sah ihrem überhaupt nicht ähnlich, dieses dunkle, heiße, wilde Antlitz. Nur war da noch etwas … noch etwas, das er wiedererkannte, ohne zu wissen, warum oder wieso er es wiedererkannte, etwas, das er schon einmal gesehen hatte, etwas …

Und dann erinnerte er sich.

Er langte in die Dunkelheit, durchdrang die Barriere unbändigen Beifalls, überwand das Hindernis des gegenwärtigen Anblicks, erinnerte sich und wusste, warum er das Gesicht seiner Mutter in der widersinnigen Geistlosigkeit der Gestalt vor sich sah, wieso er ihre Ruhe in der verzückten, herausfordernden Wildheit dieses Gesichts erkannte; und noch im Moment des Erinnerns stand er nicht länger halb über einen Tisch in einem beliebten Nachtclub gebeugt, denn nichts hiervon existierte; das alles war nur ein Albtraum der Gegenwart, der schlagartig zu Ende ging, und Arthur wurde zurückkatapultiert in seine ureigene Wirklichkeit …

... UND DA LAGEN VOR seinen Augen der weite, terrassierte Rasen und die lange, von Ahornbäumen gesäumte Auffahrt. Rasen und Auffahrt führten zur Kuppe des sanften Hügels, auf dem das Haus stand, wie er es in Erinnerung hatte, fahl und entrückt, leuchtend im Mondlicht. Denn in seiner Vision war es Nacht, und der Mond badete die Szenerie in mattem, exquisitem Glanz, verlieh ihr eine zeitlose, irreale Schönheit.

Ziellos strich er eine Weile durchs Gelände und erinnerte sich mit plötzlicher Gewissheit an den Reiz unbedeutender, schlichter Kleinigkeiten: an das samtige Gefühl grünen, feuchten Rasens unter den Füßen, an das Rauschen, mit dem der Wind durch die Ahornbäume fuhr, an den einsamen Ruf eines Nachtvogels. In der Ferne, außerhalb seines Sichtfeldes, konnte er das allerleiseste Flüstern eines plätschernden Baches hören, der auf seinem endlosen Weg über mondhelle Felsen und durch gespenstischen Farn fort zum Meer lief, hinab zum Meer. Er lauschte, wartete auf ein weiteres Flüstern, eine heisere Stimme. Doch war da sonst kein Laut.

Später, dachte er, später werde ich sie hören.

Und dann, als wäre er ein formloser, von der sanften Beharrlichkeit einer Sommerbrise dahingewehter Nebelstreif, schwebte er über die Spitzen der symmetrischen Ahornbäume hinweg, über das grobkörnige Band der Auffahrt, bis er dem Haus ganz nahe war, und wie der Wind erkundete er die winzigen Risse im Weg, rüttelte an den staubigen Fenstern, pfiff durch die Dachrinnen und weiter um die Ecken des Gebäudes. Auf einer Seite stand ein Spalier, an dem sich glatte, verzweigte Reben emporrankten. Fast hatte er vergessen, wie sich die kleinen weißen Blüten anfühlten, ein lebendiges Gefühl, so als legte er seine Finger an kühle, unpersönliche Haut.

Nichts hatte sich verändert: Es war alles wie immer. Und doch – und doch fehlte da etwas, etwas, das nicht ganz gegenwärtig war, das er nicht zu benennen wusste. Dieses Fehlende war nicht zu greifen. Es war eher eine Stimmung, die den Ort ausgezeichnet hatte und die nun verschwunden war.

Dann wusste er, was es war, und es war so simpel, dass es ihn selbst überraschte, es nicht von Anfang an bemerkt zu haben.

Das Haus stand verlassen. Natürlich. Es war nur ein Geist, eine Hülle; Herz und Seele fehlten. Eine kunstvoll errichtete Ruine, die nun von unsichtbaren, lautlosen Geistern heimgesucht wurde.

Mühelos entfernte er sich vom Haus und betrachtete es von Weitem. Er wollte noch nicht hinein. Später, ja, wenn er sich ein wenig daran gewöhnt hatte, wieder zurück zu sein.

Jetzt aber dachte er an den Bach hinterm Haus am Fuße des Hügels; und er dachte an das hohe Gras und fragte sich, ob es immer noch vom Gewicht zweier sich naher Körper niedergedrückt war, immer noch den Abdruck eines erdigen Bettes formte. Und dieser Gedanke trieb ihn voran; er wehte über das Haus hinweg und den Hügel hinab, dem Laut fließenden Wassers entgegen.

Das Geräusch war real, es drang an seine Ohren; als er aber die Stelle erreichte, sah er nur eine schartige Klamm, durch die kein Wasser rann. Trockene Felsen ragten aus dem Bachbett, wie um seiner zu spotten. Abgestorbenes Geäst hing über dem einstigen Wasserlauf ins Leere, und dennoch drang weiterhin der flüssige Laut fließenden Wassers an sein Ohr.

Und er hatte Angst. Denn eine unergründliche Kraft schien sich um ihn zu sammeln; er konnte nicht anders, als sie in sich einzulassen, es war so notwendig wie Luftholen. Diese Kraft trieb ihn den Weg zurück, den er gekommen war, den Hügel hinauf zum Haus. Schließlich sträubte er sich nicht länger, kämpfte nicht mehr dagegen an, fand sich stumm mit dieser unvermeidlichen Macht ab, denn er ahnte, dass sie keine Gegenwehr zulassen würde.

Wieder sah er sich über dem Haus. Und als es ihn hinab vor den Eingang zog, wusste er genau, wohin er gehen musste.

Er trat durch die wie von Zauberhand geöffnete Tür in den langen Flur. Darin war es sehr dunkel, aber er brauchte seine Augen nicht. Er machte einige zögerliche Schritte. Seine Finger berührten eine leicht geöffnete Tür. Sie gab nach, und er ging in den vertrauten großen Raum; ihm stockte der Atem, so überwältigend war der Schmerz der Erinnerung.

Auch hier, in diesem Zimmer, nahm er keine Veränderung wahr; wie ein Nebel aber lag über allem eine gespenstische Atmosphäre, die sich nicht vertreiben ließ und die er schrecklicher fand, als jede spürbare Veränderung hätte sein können. Hier gab es noch die dicken, weichen Teppiche, auf denen er gestanden und in die er wohlig seine nackten

Zehen vergraben hatte. Die Wände mit ihrer kostbaren Täfelung wirkten, falls es denn überhaupt einen Unterschied gab, noch samtiger, eleganter als in seiner Erinnerung. Und da war auch das Klavier, diese exquisite Masse aus Elfenbein und edlem Holz, da die Noten auf dem Ständer – und alles wartete.

In wenigen Augenblicken würden die Lichter angehen. Dann würde er in seinem Zimmer sein, irgendwo über ihm in der unerforschten Dunkelheit, und würde diese hallenden Töne über die langen Flure zittern hören, leiser werdend, bis sie schließlich an sein Ohr drangen, köstlich leise, was ihn zwang, ein wenig aufmerksamer zu lauschen – nicht so laut, dass sie ihn störten, doch laut genug, sein Interesse zu wecken und die Schönheit der Musik zu steigern.

Dann fühlte er wieder den Drang, sich zu bewegen, und er verließ das Zimmer, ging den Flur entlang und die Stufen hinauf, nahm die breite Treppe, deren Geländer blitzte im von der Zeit polierten Eichenglanz, folgte der Treppe, die ihn wohin auch immer führte.

Aber das stimmte nicht. Er wusste genau, wohin. Ganz plötzlich erinnerte er sich.

Er würde nach oben gehen, sich auf dem ersten Treppenabsatz nach rechts wenden, und da würde eine schmale Tür sein; er würde sie öffnen, und dann wären da sein Zimmer und das Bett, in dem er schlief, und in diesem Zimmer war noch schwach der Duft ihres in der stillen Luft hängenden Parfüms zu riechen. Und er würde sich aufs Bett legen und der Musik lauschen, den satten, lieblichen Klängen des unten stehenden Klaviers. Und wenn die Musik einsetzte, würde er darauf warten, dass sie wieder aufhörte, auch wenn sie noch so schön war, und er würde auf die

Schritte warten, die dann folgen mussten, würde warten, bis sie draußen vor seinem Zimmer auf dem Flur zu hören waren. Dann würde die Tür aufgehen, langsam, aufreizend langsam, und er würde die Augen schließen und die Lungen füllen mit der herrlichen Qual des Wartens.

Während er sich diesem ersten Absatz näherte, während die Entfernung zwischen ihm und dem Zimmer kleiner und unerträglicher wurde, begriff er, dass etwas Seltsames und ziemlich Beängstigendes mit ihm geschehen war. Er kannte weder die eigene Identität, noch wusste er, woher er kam oder welche Umstände ihn hergeführt hatten, zurück an diesen Ort. Oder war es möglich – dass er dieses vertraute Haus nie verlassen hatte, dass er nur das Opfer eines eigenartig lebhaften Albtraums der Zukunft gewesen war? All diese Dinge – diese schrecklich unangenehmen Dinge, die nun vage am Rande seiner Erinnerung aufzuckten –, waren sie wirklich geschehen? Oder waren sie nur die Ausgeburt eines frühen, fiebrigen Traums?

Die fragende Stimme aber wurde schwächer und schwächer und verstummte schließlich ganz. Sein Verstand war jetzt versiegelt, hermetisch gegen jegliches Nachdenken verschlossen. Er wollte und konnte nicht zulassen, dass Fragen in seine gegenwärtige Welt drangen und sie bedrohten, war deren Gleichgewicht doch zu prekär, um sie dem Risiko der verstörenden Macht dieser Gedanken auszusetzen.

Er begriff nicht, wie es passiert war, aber mit einem Mal fand er sich in dem kleinen Bett seines alten Zimmers wieder. Noch einen Augenblick zuvor hatte er auf der Treppe gewartet und durch das Dämmerlicht auf die Tür seines Schlafzimmers gestarrt. Jetzt lag er hier in diesem so vertrauten Bett, die reine Wäsche kühl und frisch um seine

Glieder. Er blickte an sich herab, sah den Arm locker auf der Decke liegen. Die Hand war die Hand eines Kindes, zart, verletzlich und braungebrannt; die Finger wirkten lang und schmal, die Nägel waren sauber und rosarot vom frischen Glanz der Jugend.

Und wieder war er nicht überrascht, denn so war es immer gewesen, dies war er selbst. Alles andere glich einem Albtraum. Dies hier war die Wirklichkeit, kein Traum. Dies war die reale Welt, hier, wohlbehalten in der verlorenen Zeit.

Mondlicht schlängelte sich durch das Fenstergitter, und der unbestimmbare Duft der Nacht drang ins Zimmer, um sich auf angenehme Weise mit dem bereits vorhandenen ihres Parfüms zu vermischen. Die unzähligen Geräusche der Dunkelheit drangen an sein Ohr, das kristalline Wispern der Sommerluft, das Rascheln Tausender, durchs Gras kriechender Insekten, das Zirpen eines Heimchens, das Quaken eines Ochsenfrosches unten am Teich. Er zitterte und schmiegte sich eng in diesen delikaten Augenblick.

Ihm war, als wäre er den ganzen Tag draußen herumgelaufen und hätte in der Sonne gespielt, in der hellen Sommersonne. Unten am Bach war das Gras von seinen hin und her eilenden Füßen niedergetrampelt worden; er stellte sich vor, wie es sich jetzt in der Ruhe der Nacht mühsam wieder aufrichtete, langsam seine stolze Haltung zurückgewann, sich in die Höhe reckte, um die Morgensonne zu begrüßen.

Eigentlich war an diesem Tag alles perfekt gewesen, erst jetzt spürte er, dass irgendwas nicht gestimmt hatte. Er kam nicht drauf, was es war, doch nagte eine noch vage Erkenntnis an seiner Zufriedenheit, während er geborgen in seinem Bett aus Kindertagen lag und darauf wartete, dass die Musik über die langen, dunklen Flure zu ihm schwebte. Er schloss die Augen. Fast meinte er, seine Mutter sehen zu können, wie sie auf dem Hocker vor dem Klavier saß, ganz in Weiß, ihre Finger wie flüchtige Träume aus altem Elfenbein, sanft schlugen sie die Klaviertasten an, die so viel weniger vollkommen waren. Er lag da und wartete auf den Klang; Mondlicht siebte durch die Fensterstreben, aber die Musik wollte nicht kommen.

Und dann, während ein Lichtstrahl das Dunkel zerteilte, durchbohrte ihn die Erinnerung. Er fuhr im Bett auf und wusste wieder, warum der Tag nicht perfekt gewesen war. Seine Mutter war nicht bei ihm gewesen. Das war es. Er hatte im Gras gespielt, hatte in dem etwas zu breiten Erdbett gelegen, doch war er allein gewesen. Den Grund für ihre Abwesenheit konnte er nicht ganz ausmachen – vielleicht hatte er ihn auch nie gekannt. Die Tatsache ihrer Abwesenheit machte aber jeden Grund unwichtig.

Und da war keine Musik. Plötzlich wusste er, dass es keine Musik mehr geben würde, nie wieder. Und mit diesem Wissen packte ihn die eisige Hand der Angst; sein Herz schlug so schnell, dass er meinte, seine junge Brust könnte dieses Rasen nicht länger fassen.

Dann hörte er die Stimmen.

Statt Musik hörte er Stimmen, auch wenn sie, wie ihm schien, von ebenjenem Ort kamen, von dem die Musik hätte kommen sollen. Die Worte wurden von vielen dicken Wänden gedämpft, verzerrt von ihrer Reise durch die langen Flurhöhlen. Trotz dieser Verzerrung aber erkannte er sie, kannte den Ton, erinnerte sich an ihren Klang. Es waren die Stimmen seiner Mutter und seines Vaters.

So undeutlich und weit entfernt sie waren, lag in der Eigenart ihrer Kraft und Tragweite doch etwas, das ein lau-

erndes Tier in ihm weckte. Mit einem leichten, unwill-
kürlichen Zittern glitt er aus dem Bett und kroch durchs
Zimmer. Er öffnete die Tür und stieg behutsam die dunkle
Treppe hinab. Mit jedem Schritt wurde seine Furcht unerträglicher. Verzweifelt wünschte er sich, er könnte sich
einfach umdrehen, könnte fliehen und sich im vertrauten
Sanktuarium seines Zimmers verkriechen, sich zwischen
kühlen Laken in freundlicher Dunkelheit vergraben. Doch
wusste er, er konnte nicht umkehren. Er wusste, jetzt konnte er niemals mehr umkehren.

Am Fuß der Treppe hielt er inne. Die Stimmen kamen
von sehr nah. Auf bloßen Füßen ging er auf das Musikzim-
mer zu.

Und mit diesem Schritt nach vorn, mit diesem fatalen
Schritt, barst die Erkenntnis in ihm wie in einer heftigen
Explosion, und das, was namenlos gewesen war, konnte nun
ausgesprochen werden, konnte benannt werden.

Denn er erinnerte sich an das Zimmer, aus dem die Stimmen kamen; und ohne zu ahnen, wie die Erinnerung zu ihm
gelangte, wusste er wieder, was er vorfinden, was er sehen
würde, sobald er diesen Raum betrat. Selbst mit dieser alten, fürchterlichen Einsicht aber, mit dieser Gewissheit,
konnte er bloß zur Tür gehen und fühlen, wie sich seine
kleinen nackten Füße in den dicken Teppich gruben, ange-
zogen vom blutroten Magneten des Schreckens.

Jetzt ließen sich die Stimmen ziemlich klar unterscheiden, die artikulierten Wörter hören, jede Silbe, die Worte
selbst aber waren bedeutungslos, und er verstand sie nicht.
Fast kamen sie ihm vor wie fremdländische Klänge von
fremdländischen Lippen.

Während er einen Moment lang unbeweglich stehen

blieb, schwollen die Stimmen an. Die abscheulich wütenden Bemerkungen seiner Mutter und die Kadenz in der flehenden Stimme seines Vaters vereinten sich zu einem entsetzlichen Donnern, das in seinen Gehörgängen wieder und wieder zurückgeworfen wurde. Die Tür, die ihn von diesen Stimmen trennte, war geschlossen, doch kroch ein schmaler Streifen gelben Lichts drunter durch.

Dann stand er direkt davor, eine Hand am Türknauf. Ein Zittern überfiel ihn und drohte, seinen Griff zu lockern, aber er beruhigte sich wieder, und inmitten seines inneren Aufruhrs drehte er still und leise den Knauf und öffnete die Tür.

Als die Tür nach innen aufschwang und das Licht herausströmte und ihn in Gelb tauchte, breitete sich im Zimmer eine unheilvolle, absolute Stille aus, fast als wäre das Öffnen der Tür ein zuvor vereinbartes Signal gewesen. Weder seine Mutter noch sein Vater aber nahmen den in der Tür stehenden Jungen wahr. Sie blieben gefangen in ihrem selbst gewebten Netz, aus dem nichts sie zu befreien vermochte.

Erst sah er seinen Vater. Er stand unterwürfig mit dem Rücken an die Wand gepresst. Die Arme droschen mit nutzlosen Hieben durch die Luft, leise, nach einem Tier klingende Wimmerlaute drangen über seine blassen Lippen. Selbst in dieser wortlosen Panik lag auf seinem Gesicht, fast überdeckt von vergeblicher Angst, ein Ausdruck leeren, unpersönlichen Grauens, dämmernder Einsicht und übergreifenden Mitleids, das nicht ihm, sondern der in seinen Augen gespiegelten Gestalt galt – der Mutter des Jungen.

Nein, nicht seiner Mutter. Es war derselbe Körper, schlank und schön, gehüllt in das weiße Kleid, das er so liebte; dieselbe fahle Haarkrone ruhte auf dem stolzen

Kopf, und ihre Züge waren die, die er kannte, die Lippen jene, die sein Gesicht so oft liebkost hatten. Nur die Augen … Sie leugneten den Anschein jeder Ähnlichkeit. Nie zuvor hatte er diese Augen gesehen; sie waren wie wahnsinnige, sich windende Körper, die endlos tanzten und glühten, unfassbar der Kontrast zu den unbewegten Höhlen, in denen sie lagen.

Reglos stand seine Mutter da; den schmalen Rücken fest an die gegenüberliegende Wand gedrückt, sah sie den Vater des Jungen an, ihren Mann, und sagte kein Wort. In ihrer Hand war eine Waffe, unglaublich groß, schwarz und böse in den sie umklammernden kleinen, hellen, sanften Fingern.

Und in diesem Augenblick kam ihm all das sehr alt und vertraut vor wie etwas, das er in einem früheren Leben gesehen und gewusst hatte, und der Schrecken, der ihm die Kehle zusammenzog und jedes Wort erstickte – auch der war alt und vertraut und so vergeblich wie der Traum, in dem er auf immer lebte.

Alles schien unwirklich langsam abzulaufen. Er sah, wie seine Mutter den Finger krümmte, sah die Waffe wild zucken, zweimal, sah erst die Flamme, dann kurz aufeinanderfolgende Rauchwölkchen aus dem Lauf quellen, und zweimal hörte er einen Knall, deutlich und scharf, so als hätte jemand zwei Bretter in aufeinanderfolgenden, doch kaum voneinander getrennten Schlägen aufeinanderkrachen lassen. Er sah, wie der Leib seines Vaters krampfhaft zuckte, erst in die eine, dann in die andere Richtung, hörte ihn nach Atem ringen und zugleich aufstöhnen, so als hätten zwei Riesenhände seine Lunge mit Macht zusammengedrückt, ihren Griff dann aber wieder gelockert, sodass die Luft zischend hereinströmen konnte.

Der Junge richtete den dumpfen, ungläubigen Blick auf seine Mutter. Jede Abgeklärtheit war aus ihrem Gesicht gewichen, vernichtet, und an ihrer statt war da ein übergroßes Frohlocken, eine irre, heftige Ekstase. Er konnte den Blick nicht von dem Gesicht lösen, das ihm plötzlich so fremd und unbekannt geworden war. Vor seinen Augen schwoll es an, wurde beängstigend, unersättlich und drohte, in seiner Intensität alles zu verschlingen, was es sah.

Diese groteske Maske hielt nur einen Moment vor, dann zerfiel sie, das verzerrte Gesicht glättete sich, und auch wenn sich der Irrsinn noch immer in ihren Augen wand, war da auch etwas Neues, schimmerte ein verzweifelter, vernünftiger Mut wie der seines Vaters durch, eine stählerne Entschlossenheit, die der Wahn nicht zu überdecken vermochte.

Sie lockerte, entspannte die Lippen, und ihre entblößten Zähne verschwanden. Ihr vollkommener Mund stand leicht offen. Langsam richtete sie die Waffe gegen sich und schob sich den noch qualmenden Lauf in den Mund.

Er hörte den gedämpften Knall und sah, wie der Kopf nach hinten schlug. Ihr schmaler Körper sackte zu Boden und lag da, weiß, reglos und unfassbar klein. Er spürte nichts. Dann, noch ehe das Gefühl zurückkehrte, sah er benommen, wie sein Vater durch das Zimmer taumelte und hastig Worte ins Telefon keuchte. Dann schrie er.

Nur undeutlich hörte er die Stimme seines Vaters, hörte durch den Schmerz ein überraschtes, gedämpftes Aufbrüllen, als er nun erst im Zimmer bemerkt wurde. Der Junge war jetzt außer sich. Er schrie und schrie, grub sich die Fäuste mit Gewalt in die Augen, als könnte er den Anblick des wilden, irren Gesichtes herausreißen, das von nun an ein untilgbarer Teil seiner selbst und seiner Erinnerung war. Dann hörte er jenseits einer unüberwindbaren Ferne wieder die keuchende, schmerzerfüllte Stimme seines Vaters, der auf ihn einredete, ihn anflehte. Er spürte seine streichelnde, beschwichtigende, schwere Hand auf der Schulter, spürte die besänftigende Bewegung, die ihn zu trösten suchte. Er schlug die Augen auf und sah seinen Vater vor sich knien, das Gesicht von Qual zerfurcht, ein Arm eng an die verwundete Brust gedrückt. Der Junge schaute auf die Hand, die seine Schulter fasste, eine Hand, die er früher einmal gekannt hatte. Mit diesem Blick jedoch verdoppelte sich das Grauen und kam zu ihm zurück, denn diese Hand war voller Blut, und er spürte es warm und feucht durch seine Kleider dringen. Wieder schrie er, schlug in blinder Angst nach dem abgewandten Gesicht des Vaters, riss sich aus seinem Griff und rannte in maßloser Verzweiflung davon, bis das große rote Meer, das vor seinen Augen wogte, von gnädiger Dunkelheit verdrängt wurde, bis er, er selbst, von der Dunkelheit verschlungen wurde und er nichts mehr war und nichts mehr fühlte …

JEMAND ZUPFTE AN SEINEM ÄRMEL. Er hörte eine Stimme, die ihn wieder und wieder beim Namen rief, ihn ansprach.

»Was denn?«

Er setzte sich.

»Was ist nur los mit Ihnen?«

Claires Gesicht verschwamm vor seinen Augen. Dann antwortete er ihr, die eigene Stimme fern, fremd, dumpf in seinen Ohren.

»Was mit mir los ist?«, sagte er. »Nichts. Gar nichts. Ich habe mich nur einen Moment lang an etwas erinnert.«

Allmählich klärte sich sein Blick, während er sich mit einiger Erleichterung umsah und seine Umgebung wiedererkannte. Claires Gesicht wurde erneut klar und deutlich; mit schweren Lidern lächelte sie noch immer in stillem Glück. Wie eine Girlande hing eine blaue Wolke Zigarettenrauch um ihren Kopf.

Einen Moment lang fühlte er sich wie erlöst und dankbar, weil er zurück in diesem vertrauten, geschmacklosen Nachtclub war. Dann aber begann ihm das wirre Getöse und Chaos zuzusetzen, er erschauderte leicht vor Abscheu, und seine Erleichterung schwand.

»Hat Sie Ihnen gefallen?«

Er blickte Claire verständnislos an.

»Wer?«

Sie lachte. »Na, Volita natürlich, wer sonst?«

»Oh, sie, ja. Sehr sogar.«

»Wie Sie sie angesehen haben! Und Sie wollten gar nicht sitzen bleiben, als der Tanz zu Ende war. Sie haben sie angestarrt wie ein Gespenst.«

»Ein Gespenst«, wiederholte er mechanisch. »Ja.«

Aufs Neue bedrohte ihn kurz die Erinnerung.

Dann schüttelte er den Kopf, langte unter den Tisch, griff nach Claires Hand und drückte sie so fest, als wäre sie die Realität, nach der es ihn eigentlich verlangte.

»Mein Gott«, murmelte er mit belegter Stimme. »Mein Gott.«

»Was ist denn?«, fragte sie besorgt. »Ist Ihnen schlecht?«

Eine klebrige Wolke geradezu fühlbarer Schäbigkeit hing in der Luft, das war die Atmosphäre des Club Luisant; sie schien sich auf ihn herabzusenken und zu gerinnen, in die Poren seiner Haut einzudringen, ihn mit widerwärtiger Feuchte zu durchtränken, so schwer und dick, dass er kaum noch Luft bekam. Er fragte sich, wie er je hatte glauben können, dieser Ort könne in irgendeiner Weise angenehm sein.

»Ja«, antwortete er ihr. »Nur ein wenig. Ist gleich vorbei.«

Sie hob die Hand, berührte seine Wange, strich mit den Fingern leicht über seine Schulter und grub dann wie eine verspielte Katze die Nägel ins Tuch seines Jacketts.

»Möchten Sie gehen?«

Er blickte sie dankbar an. »Ja«, sagte er. »Lassen Sie uns von hier verschwinden.« Er spürte, dass er gehen musste, und zwar jetzt sofort, er war sich sicher, er würde ersticken, wäre er gezwungen, noch länger in diesem lärmenden Saal zu bleiben. Er konnte es kaum erwarten, dass sie das Zeichen zum Aufbruch gab.

Träge lächelte sie ihn an. Ihre Finger gruben sich noch tiefer in den Stoff.

»Wohin wollen wir gehen?«, fragte sie leise.

Die Worte, die er hatte sagen wollen, die er in Gedanken so sorgsam vorbereitet hatte, Worte, mit denen er diese erwartete Frage charmant beantwortet hätte, sie erstarben auf seinen Lippen.

Er schluckte. »Irgendwohin«, murmelte er, ohne sie dabei anzusehen. »Nur fort von hier.«

Ihr Lächeln verstärkte sich. Sie lehnte sich nah zu ihm herüber, schaute ihm in die Augen, und als sie redete, spürte er, wie ihr warmer Atem über seine untere Gesichtshälfte strich.

»Kommst du mit zu mir?«, fragte sie.

Selbst hier, in diesem übelriechenden, unangenehmen Saal, spürte er den kühlen, süßen Hauch ihres Atems, während sie sprach. Er schnappte nach Luft. Dies war der Moment, auf den er gewartet, den er erhofft und den er so sehr ersehnt hatte, doch jetzt, da er gekommen war, jetzt, da er in Reichweite schien, begriff er verbittert, dass er wiederum auf obskure Weise betrogen worden war. Er gab sich Mühe, glücklich zu lächeln.

»Ja«, sagte er, flüsterte heiser mit trockenen, rosigen Lippen. »Ja.«

Sie erhob sich langsam, einladend und betrachtete dabei mit ihrem verhangenen Blick unverwandt sein Gesicht. Er nestelte eine Handvoll Scheine aus seiner Tasche, prüfte, was er in der Hand hielt, und warf das Geld auf den Tisch. Dann wandte er sich ab. Sie schwankte ihm voran, und er folgte der schlanken rot gekleideten Gestalt hinaus in die Nacht.

WIE EIN AUS DUNKLEM LAUF gefeuertes Projektil schoss das Taxi durch die Straßen. Auf dem Rücksitz lehnte Arthur an Claires Schulter. Das Fenster war geöffnet, und der Wind stürmte herein, zerzauste sein strähniges Haar, peitschte es ihm wild um den Kopf. Mit halb geöffneten Augen starrte er in die abwechselnd schwarzen oder feurigen kaleidoskopartigen Farbsplitter, die auf beiden Seiten vorüberflogen.

In jenem schrecklichen Augenblick nach Volitas Tanz hatte der Schock den alkoholischen Nebel fast vertrieben. Jetzt umspülte ihn frische, klare, stechend scharfe Nachtluft und reinigte seine Lungen; und während die verbrauchte Luft durch neue ersetzt wurde, kehrte das vertraute Gefühl der Entfremdung zurück.

Einen Moment lang staunte er über sich selbst, dass er in diesem Taxi saß, neben dieser Person, einer fremden, wenn auch liebenswerten Frau. Ihn packte ein schauderhafter Widerwille gegen sich selbst, seine Umgebung, gegen alles, was er berührte. Und da war zudem diese winzige stumme Stimme, die darauf beharrte, dass alles, was er wusste, fühlte oder sah, eigentlich nicht existierte, dass all dies ein Albtraum war und irreal.

Dann machte dieses Gefühl dumpfer, leerer Qual Platz. Er hatte ein langes Rennen absolviert, doch für heute war es mit dem Laufen vorbei, und ihm blieb nur der langsam nachlassende Schmerz, der auf allzu heftige Verausgabung folgt. Der Kopf wummerte im Takt mit dem pochenden Puls; die Stirn war klamm und kalt, und sein Atem ging rasch, während ihn immer wieder ein heftiger Schauder überlief. Claire an seiner Seite spürte nichts davon. Sie war durch ihre private Gedankenwelt von ihm getrennt, durch ihre eigenen Erwartungen. Auch ihr Atem ging schwer, wenn auch in einem langsamen, von Friede und Zufriedenheit geprägten Rhythmus. Die Augen hielt sie geschlossen, und die Lippen hatte sie locker zu einem Lächeln verzogen, das ihm im Einklang mit der Nacht zu sein schien.

Als er sie ansah, wurde ihm wieder bewusst, wie offenkundig und grundlegend die Menschen voneinander getrennt sind. Hier saßen zwei Personen so nahe beisammen, dass ihre Körper sich berührten, und jeder war sich der Gegenwart des anderen bewusst, jeder war auf eigene Weise beflissen um den anderen bemüht, versuchten sie doch beide je für sich, die Schale des anderen zu einer inneren Wirklichkeit zu durchbrechen, versuchten zugleich dafür zu sorgen, dass der andere so leicht wie nur möglich in die jeweils eigene Schale vordringen konnte, und doch scheiterten sie elendiglich bei jedem Versuch.

Es war ein merkwürdiges Ringen, bei dem es einem nicht einmal gelingen wollte, die eigene Niederlage herbeizuführen.

Aus Mitleid also, teils für sich selbst, teils für Claire, richtete er sich aus seiner zusammengesunkenen Haltung auf, um einen Arm um ihre Schulter zu legen und sie so sanft wie unbeholfen an sich zu ziehen. Mit einem dankbaren Seufzer barg sie den Kopf in seiner knochigen Beuge zwischen Hals und Schulter. Ihr warmer, feuchter Atem strich über seine Haut. Und er war sich des angenehmen Dufts ihres Haars bewusst, spürte unter seiner Hand das kühle Kleid, die Ahnung warmer, an den Stoff geschmiegter Haut. Leise meldete sich bei ihm die Lust zurück, und resolut packte er diesen Schössling, hätschelte ihn, beschützte ihn vor seinen gierigen Gedanken.

Die Lichter der Stadt blitzten nicht mehr ganz so häufig auf. Die Straße, durch die sie nun fuhren, war dunkler, und eben weil sie dunkler war, glich sie einem grenzenlosen Tunnel. Draußen war nichts zu sehen, woran sich die Breite der Durchfahrt ermessen ließe; die Dunkelheit begann an den Fenstern ihres Fahrzeugs und dehnte sich von dort endlos aus. Die Nacht war eine feste Masse, die sie tollkühn durchpflügten.

Jetzt, da der Verkehr um sie herum nachgelassen hatte, erhöhte der Fahrer das Tempo. Sie schossen um eine Ecke. Der Schwung brachte sie einen Moment aus dem Gleichgewicht, sodass sie beide gegen die seitliche Polsterauskleidung gedrückt wurden. Claire machte keine Anstalten, sich wieder aufzurichten, also blieb Arthur in dieser erzwungenen Haltung, ein wenig unter ihr begraben, und erduldete ihr Gewicht. Er fühlte sich seltsam widerstandslos, entspannt und distanziert.

Dass sie bereits angehalten hatten, fiel Arthur erst gar nicht auf, so unmerklich hatte der Fahrer die Geschwindigkeit verringert. Er wandte sich nun zu ihnen um, schaute sie an, den Mund zu einem humorlosen Lächeln verzogen, und sagte: »Okay – da wären wir.«

Arthur hob Claires Gewicht mit an, als er sich aufrichtete. Sie stiegen aus und blieben einen Moment lang verwirrt auf dem Gehweg stehen. Arthur bezahlte das Taxi, und zwar mit seinem letzten Schein, wie er ein wenig überrascht feststellte. Dann sah er dem Wagen nach, wie er verschwand. Er wandte sich zu Claire um.

Sie nahm seinen Arm und hielt ihn eng an sich gedrückt.

»Da wären wir«, flüsterte sie.

Der Fahrer hatte dieselben Worte gesagt, doch von anderen Lippen gesprochen, vertiefte, ja verstärkte sich deren Aussage, änderte sich, wurde bedeutsamer. Er nickte.

Er war überhaupt nicht mehr betrunken. Der Alkohol war verflogen, und an seiner statt hatte ihn ein neuer Rausch gepackt, der, anders als Alkohol, all seine Sinne schärfte. In ebendiesem Augenblick empfand er, dass jede Einzelheit seiner selbst – jeder Muskel, jede Zelle, jeder Tropfen Blut, jeder Nerv – wie beseelt war und vor Leben kribbelte.

Langsam drehten sie sich um und gingen auf das nichtssagende Ziegelhaus zu, in dem Claire ihre Wohnung hatte. Sie waren in einem Teil der Stadt, den Arthur nicht kannte, in dem die Häuser eines wie das andere aussahen, so wie wohl auch die Leben hier einander glichen – preiswert, ein wenig heruntergekommen und vergessen. Ihn überraschte, dass Claire hier wohnte; ihre Umgebung machte ihre äußere Erscheinung zu einer Lüge, die nicht ohne Ironie war.

Sie gingen die breiten Betonstufen hinauf, vierzehn insgesamt. An der Tür legte Claire die Lippen an sein Ohr.

»Sei ganz leise«, flüsterte sie. »Und komm mir einfach nach. Ich wohne im ersten Stock.«

Er drückte ihren Arm, mit dem sie sich bei ihm untergehakt hatte, und nickte, genoss das verschwörerische Schweigen. Behutsam schloss Claire die Tür auf, und sie gingen ins Haus. Der Eingangsbereich wurde von einer schwachen

Birne erhellt, die irgendwo in ferner Höhe hing. Geheimnisvolle Schatten füllten das Foyer. Linker Hand konnte er die massige Kontur einer Treppe ausmachen. Sie war unbeleuchtet, und Arthur und Claire blickten in eine dichte Dunkelheit hinauf. Claire griff nach seiner Hand und führte ihn; er folgte blindlings.

Und wieder spürte er jene vertraute Zufriedenheit, die ihn immer überkam, wenn er einen dunklen Weg nahm. Während er nach oben ging, dachte er an seine Wohnung, an die Treppe, die zu ihr hinaufführte. Es schien so lange her zu sein, dass er zuletzt dort gewesen war.

Im ersten Stock grüßte sie das kümmerliche Glimmen einer matt brennenden Glühbirne, sobald sie den Treppenabsatz erreichten. Fast wie Katzen schlichen sie den mit einem fadenscheinigen Läufer ausgelegten Flur entlang und blieben in einem dunklen Winkel stehen, in den kein Licht vordrang. Claire suchte ihren Schlüssel, öffnete und glitt ins Innere; er folgte ihr in ein Zimmer, in dem die Dunkelheit auf den Augen lastete, sie erschien ihm so schwer, dass sie geradezu greifbar wirkte. Er tastete die Wand entlang und suchte nach dem Lichtschalter, von dem er wusste, dass es ihn dort irgendwo geben musste.

Claire aber, die seine Bewegung spürte, griff nach seiner Hand.

»Mach kein Licht an.«

Er nickte dankbar in Richtung ihrer Stimme, zu reden traute er sich nicht. Eigentlich hatte er kein Licht gewollt, es war nur als entgegenkommende Geste gedacht gewesen; die ihn umfließende Dunkelheit war so viel sicherer, wärmer und intimer.

Beim Reden hatte Claire seine Hand losgelassen; jetzt berührte er sie nicht länger, doch fühlte er, *wusste* er, dass sie vor ihm stand, sehr nahe, ein unbestimmbarer Teil der Dunkelheit. Er lauschte aufmerksam und konnte hören, wie sie leise Luft holte und wieder ausatmete.

Behutsam streckte er die Hände nach ihr aus, berührte die nackte Haut ihrer Schultern. Und mit einem überraschten, hörbaren Keuchen schmiegte sie sich in seine Umarmung, die Lippen warm und zittrig an der kratzigen Haut seiner Wange, an seinem Ohr.

Mit bebender Stimme flüsterte sie: »Warte noch einen Moment. Bleib hier stehen.«

Dann war sie fort, irgendwo in der Dunkelheit verschwunden, fort von ihm, fort von seiner Berührung. Zitternd und unsicher stand er da, einen Augenblick lang verloren, allein.

Er konnte hören, wie sie sich durch das Zimmer bewegte, hörte das leise, geheimnisvolle Rascheln ihrer Kleider. Dann nichts mehr. Es folgte eine lange, undurchdringliche Stille, während er reglos verharrte, angespannt, erwartungsvoll, beinahe verängstigt.

Und dann – hinterher konnte er nicht sagen, ob es Traum oder Realität gewesen war –, gab eine weiterziehende Wolke mit einem Mal den Mond frei, und seine Strahlen fielen durch ein Fenster ins Zimmer, durchdrangen wundersamerweise die sämige Dunkelheit. Er sah sie, wie sie da aufrecht stand, gebadet in diesem fahl leuchtenden Lichtschaft. Die Kleider lagen in einem kümmerlichen Haufen zu ihren Füßen, während das Mondlicht ihren Kopf umspülte, ihre Schultern, und in einer Sinfonie aus Licht und Schatten silbern an ihr herabfiel. Den Kopf hatte sie in den Nacken geworfen, das wallende Haar verlor sich im Dunkeln. Ihre Augen waren geschlossen, und auf dem Gesicht lag ein unschuldiger Ausdruck freudiger Erwartung. Die Mondstrahlen ergossen sich über die glatte Haut ihrer Schultern, Arme, Brüste; sie war eine lebende Statue, ein regloses Gedicht aus Licht und Haut, schattiger Brüste und elfenbeinerner Schenkel.

Diese Vision dauerte nur einen kurzen Moment lang, dann verdunkelte eine neue Wolke den Mond, und er konnte Claire nicht mehr sehen.

Ihm war nicht bewusst, dass er sich bewegt hatte, aber irgendwie stand er nun mitten im Zimmer, und seine Arme umfingen sie, und sie presste sich an ihn, fest, ihr Atem rasch und unregelmäßig an seinem Ohr. In der Dunkelheit ungesehen, nur gespürt, zitterte ihr Körper und bebte in seiner Umarmung wie eine vollendet gehärtete Stahlklinge. Seine Arme glichen einem robusten Schraubstock, der mit aller Kraft versuchte, sie an sich, in sich zu ziehen; nur die Hände auf den starren, äußersten Enden dieses Schraubstocks waren seltsam schlaff und locker, flatterten wie junge Blätter in einer Sommerbrise, strichen sanft über ihre Schultern, ihre Arme, die nackte gerippte Haut ihres Rückens.

Dann entwich ihm sein Atem in tiefen, japsenden Zügen, die sich fast wie ein Schluchzen anhörten. Und gleichsam im Einklang mit seinem Schluchzen wurde auch Claires Atem hörbar, ein deutliches, zittriges Stöhnen, während ihr Kopf in seiner Halsbeuge wie in exquisiter Qual sanft hin und her rollte. Ihre Arme lagen um ihn, bebten elektrisiert, liebkosten ihn.

Dann löste er mit unbeherrschter Bewegung seinen schraubstockartigen Griff, grub die Finger in das warme, feuchte Fleisch ihrer Oberarme und schob sie von sich. Ihr

Gesicht konnte er jetzt kaum sehen; der Kopf war noch in den Nacken geworfen, ihr Körper wand sich und gehorchte eigener Leidenschaft. Ihre Augen blieben geschlossen, der Blick nach innen gerichtet, die Lippen in einem seligen, unbewussten, leichten Lächeln der Erwartung geöffnet; unter roten Lippen sah er die Spitzen ihrer kleinen Zähne aufblitzen. Und von diesen offenen Lippen troffen kurze, hingestöhnte, unstete Worte.

»Arthur«, sagte sie. »Arthur … Arthur …«

Und während sie seinen Namen rief, noch in dem Moment, da er über ihre erwartungsvollen Lippen strömte, brachen sich aus jenem ewigen Vakuum, das nur den unberechenbaren Bruchteil eines Augenblicks gewährt hatte, all jene Kräfte Bahn, die sich in ihm so lange schon angestaut hatten, vierundzwanzig Jahre lang, ein Leben lang, brachen hervor, stürzten herbei, schrien, zerrten an den Portalen seines Geistes, hämmerten darauf ein. In ihm drängte ein angeschwollener Strom, die Summe all seiner unterdrückten Liebe, seines Hasses und seines Mitleids, die Summe von Furcht, Angst, Zufriedenheit, Langeweile, Ungeduld, Ennui und Leidenschaft, von allem – und die mitreißende Flut war zu gewaltig, als dass etwas sie hätte eindämmen können.

In jenem hilflosen Moment, ehe die Fluttore barsten und ein Teil von ihm wusste und verstand, dass ihr Bersten unvermeidlich war, empfand er auf geradezu abstrakte Weise ein stilles und allumfassendes Bedauern, das nicht nur ihn selbst und die junge Frau in seinem Griff einschloss, sondern alles, was er je gekannt hatte.

Dann wurden Mitleid und Bedauern überschwemmt und ertranken in der Flut, die mit einer letzten schier grenzenlosen Kraft hereinbrach, und er wusste, dass er endgültig zerstört war, er wusste, dass er jetzt und für immer verloren war; und der dunkle Schwall rauschte heran, und er verließ seinen Leib, wirbelte auf, höher und höher und fort, und etwas Verantwortungsloses, das nicht zu ihm gehörte, sah Claires Gesicht immer noch allein und rein im Mondlichtkranz, sah die Lippen, die unhörbar noch kleine Worte der Lust formten.

Ein letzter großer Schluchzer entriss sich seiner Kehle, er hob einen Arm, schlug blindlings zu, schlug wie wild in ihr Gesicht, spürte, wie sein Handrücken ins überraschte Fleisch ihrer Lippen sank, und noch ehe sie aufschreien konnte, schlug er aufs Neue zu, wieder und wieder, bis seine Arme nur noch leere Luft droschen.

Wie aus weiter Ferne hörte er einen hohen, dünnen Klagelaut; und er begriff, dass sie irgendwo im dunklen Zimmer laut schrie.

Sie schrie verängstigt, monoton; und er stand wie benommen mitten im Zimmer, die Arme hingen schlaff herab, die Finger zuckten krampfartig. Im Zimmer über ihnen meinte er jemanden sich rasch bewegen zu hören. Ein Krachen, dann ein gedämpfter Ausruf, ein Fluch. Er hörte schnelle Schritte.

Und er rührte sich immer noch nicht.

Nur einen Augenblick später – zumindest kam es ihm so vor – flog die Tür zu Claires Wohnung auf. Er vernahm das Klicken des sich drehenden Türknaufs, spürte eine Veränderung in der Stille des Zimmers, hörte das heftige Atmen des Fremden, hörte, wie eine Hand auf der Suche nach dem Lichtschalter über die Wand fuhr.

Ein leises Knacken, und das Zimmer wurde in gelbe Helligkeit getaucht. Ein überraschter Ausruf entwich den

Lippen von jemandem in seinem Rücken. Arthur regte sich immer noch nicht.

Claire lag zusammengesunken im plötzlichen Lichtbad, die Augen vor Schock und Angst weit aufgerissen. Ein dünner, nahezu transparenter Streifen Blut befleckte ihre Mundwinkel. Man hätte ihn für einen verunglückten Strich Lippenstift halten können, wären ihre Lippen nicht schon von seinen Schlägen geschwollen. Auf einen Arm gestützt lag sie halb aufgerichtet auf dem Boden. Mit der Hand des anderen Arms hielt sie ihr Kleid an die Brust gepresst, weniger, wie ihm schien, um ihre Nacktheit vor fremden Augen zu verbergen, als etwas in ihr vor jener fremden, unverständlichen Kraft zu schützen, gegen die sie keine Waffe besaß, nur diesen kümmerlichen, instinktiv hochgehalten Schutzschild. Ihre Lippen bebten jetzt lautlos, als schrie sie, ohne jedoch ein Geräusch von sich zu geben.

Er spürte, wie ihn eine Hand an der Schulter packte, eine maschinenschwere, kräftige Hand. Er spürte, wie Knochen zermalmt wurden, wie Muskeln zerrissen, wie er innerlich blutete, doch empfand er keinen Schmerz.

Er schaffte es nicht, seinen Blick auf den Mann hinter ihm zu richten. Seine Augen starrten auf Claires elfenbeinernen Körper, der sich, so schien es, niemals mehr vom Boden fortrühren würde.

Die Stimme des Mannes war rau und hart, voll unterschwelliger Verblüffung und wachsendem Ärger.

»Was ist, Miss Hegsic? Was zum Teufel ist hier los? Was hat der Kerl getan?«

Sie gab keine Antwort. Noch in ihrer Welt des Schocks gefangen, bewegte sie sich auf dem Boden nur langsam, schlangengleich und seltsam unterwürfig.

Der Mann verstärkte seinen Griff und schüttelte wütend, fordernd Arthurs Schultern, als könnte er Claire dadurch zu einer Antwort bewegen.

»Hat dieser Kerl Ihnen wehgetan? Was zur Hölle ist hier los?«

Irgendwie durchstießen seine Worte den Panzer der Benommenheit; Claire hob den Kopf und schaute sie beide mit Augen an, die jetzt stumpf und undurchlässig wirkten.

»Nein«, murmelte sie. »Mir geht's gut. Schaffen Sie ihn nur hier raus. Gehen Sie einfach, Sie beide.« In ihrer Stimme klang kein Ärger durch – bloß müdes Unverständnis.

Der Mann drehte Arthur zu sich um, bis sie sich von Angesicht zu Angesicht gegenüberstanden. Arthur musterte ihn desinteressiert, betrachtete gleichmütig die leblose Haut, trocken und weiß, aus der in regelmäßigen Abständen dicke kleine Stoppeln sprossen, mikroskopisch präzise, kurz und schwarz auf fahlem Teint. Die Augen, die sich mit glühendem Funkeln in die seinen bohrten, waren groß, durchsichtig und von einem grünlichen Haselnussbraun, leicht schräg und feucht wie die Augen einer Ziege.

»Warten Sie«, sagte Arthur, seine Stimme ein heiseres Krächzen aus seiner Kehle. »Nur einen Augenblick. Ich muss …«

Der Mann lächelte. Sanft, beinahe freundlich.

»Nein, junger Mann. Sie gehen jetzt nach draußen. Mit mir.«

»Ich weiß«, erwiderte Arthur matt. »Nur einen Augenblick.«

Er wand sich im Griff des größeren Mannes, drehte sich halb um und sah zu Claire hinüber, die immer noch auf dem Boden lag. Ihre Blicke trafen sich. Kein Funke des Wiedererkennens flammte in ihren Augen auf. Da war nichts. Sie schaute durch ihn hindurch, hinter ihn, erkannte ihn nicht.

Und in diesem statischen Moment wallte in seinem versagenden Geist ein letztes Verlangen auf, das Verlangen nämlich, die unermessliche, sie trennende Kluft irgendwie zu überbrücken. Er wollte sie in die innersten Geheimnisse seines Lebens einweihen, wollte plötzlich, dass sie alles, was in ihm und Teil von ihm war, in sich trug, ohne dass es zu einem Teil von ihr wurde. Erst dann, wenn sie über all das verfügte, könnte sie beginnen zu verstehen und wüsste, warum.

Also blickten sie sich über die kurze Distanz hinweg an, blickten lang und aufmerksam, doch lud keine Energie des Erkennens, des Begegnens den Blickbogen zwischen ihnen auf. Er wandte sich zu dem Mann um, dessen Finger sich immer noch in seine Schultern gruben.

»Na gut«, sagte er. »Gehen wir.«

Das blasse Lächeln wurde stärker. Der Mann sagte kein Wort. Er schob Arthur vor sich her, zur Tür hinaus, auf den dämmrigen Flur.

Sie gingen zur Treppe, gingen nach unten. Arthur wusste, was kommen würde. Instinktiv hatte er es gewusst, seit Claires Tür aufgestoßen worden und der große Mann eingetreten war, seit er mit der Hand seine Schulter zerquetscht hatte.

Doch als sie nun durch die Dunkelheit auf die lange Treppe zugingen, gewann das instinktive Wissen Form und Gestalt, wurde real und rückte bedrohlich nah, weshalb es eine leichte Furcht vor der bevorstehenden Pein heraufbeschwor. Der Gedanke an den Schmerz machte ihm dabei gar nicht so viel aus, der war ein Teil davon, natürlich, wenn

auch nur ein kleiner Teil. Er hasste die fruchtlose Nutzlosig-
keit der Prozedur, die ganze sinnlose Demütigung, vielleicht
war es das. Bei dem Gedanken an das, was kommen würde,
krümmte er sich innerlich, und er hätte sich wohl gesträubt,
wäre da nicht die stählerne Hand an seiner Schulter gewesen, die ihn weiterschob, die Stufen hinunter.

In kurzen, rhythmischen Kadenzen joggten sie die Treppe hinab, bewegten sich im Takt, die Füße im Gleichklang.
In der riesigen Weite des langgestreckten Treppenhauses,
in seiner gestörten Stille klangen ihre Schritte übertrieben
laut, ja brutal. Obwohl er dafür keinen Grund kannte, fand
er, dass sie keinen Laut machen sollten, weshalb es ihm auf
eigenartige Weise unpassend schien, gar wie ein Sakrileg
vorkam, dass ihre Schritte so keck und unerschrocken im
Haus widerhallten. Ihm war, als müssten sie in stummer
Ehrerbietung für das anstehende uralte Ritual auf Zehen-
spitzen nach unten schleichen, so sacht wie nur möglich.

Die Dunkelheit fing ihn nicht und hielt ihn nicht wie
sonst in ihrem magischen Netz. Ihn überkam keine träge
Ruhe. Im Gegenteil, die Selbstwahrnehmung, die Wahrnehmung überhaupt verstärkte sich. Das dumpfe Schlappen,
mit dem die offenen Schnürbänder seines Geiselnehmers
ans Leder seiner Schuhe schlugen, erinnerte ihn an die Rie-
men einer Peitsche, mit der auf die Haut widerspenstiger
Sklaven eingedroschen wurde: Das langsame Quietschen
der Sohlen wurde zum schmerzerfüllten, aufbegehrenden
Schrei des Elends. Der schwere Atem des Mannes, beharrlich und warm in seinem Nacken, war wie das unheilvolle
Vorspiel zu einem schrecklichen Unwetter, einem brausen-
den Wind, der bedrohlich zwischen den trostlosen weißen
Felsen einer weglosen Ödnis hindurchfegte.

Sie erreichten die Tür am Fuße der Treppe und gingen nach draußen. Vor der blauen Reinheit der Nacht war das Laternenlicht an der Ecke nur ein schmutziger Fleck, dessen Lichtfinger die verschwommene Straße entlangtasteten und das blasse, wuchtige Gesicht des Mannes an seiner Seite halb beleuchteten und halb verschatteten. Der Mann sah sich hastig um, wandte sich dann ihm zu und schaute ihn direkt an. Die Andeutung eines aufdringlichen Lächelns hing um seine dicken Lippen, und er atmete schwer. Seine Stimme klang sanft, fast freundlich, war aber mit einem gleichsam obszönen Drängen unterlegt.

»Das hättest du besser lassen sollen, Kleiner. Ist nicht nett, zu einer Dame aufs Zimmer zu kommen und sie halb totzuprügeln. Das weißt du doch, oder?«

Arthur rührte sich nicht.

Die Stimme des Mannes wurde sanfter, eindringlicher. »Du weißt genau, was jetzt kommt, nicht wahr?«

Er sammelte all seine Kraft und nickte.

Der große Mann leckte sich über die Lippen und sagte leise, beinahe liebevoll: »Nimm deine Brille ab, Kleiner.«

Er versuchte, die Arme anzuheben, gab sich verzweifelte Mühe, aber seine Hände waren Bleigewichte, die an seinen Seiten herabhingen und sich nicht bewegen ließen. Dumpf schüttelte er wieder den Kopf und versuchte dem anderen Mann wortlos mitzuteilen, wie überaus unvernünftig seine Forderung war.

Dann verzog sich das fahle, stoppelige Gesicht vor ihm zu etwas Grässlichem, Unaussprechlichem. Die Lippen bewegten sich tonlos, und kleine Speicheltropfen rannen ihm aus den Mundwinkeln.

Er sah, wie sich die riesige, schinkenkeulengroße Faust

ballte, sah, wie vom Handgelenk aufwärts die Muskeln anschwollen, bis der ganze Arm einer in aller Eile von einem ungeschickten Steinmetz grob behauenen Marmorsäule glich. All das schien ganz langsam zu geschehen. Erst bog sich die Schulter des Mannes leicht in seine Richtung, dann wurde sie zurückgezogen, und mit derselben Bewegung wurde die Faust angehoben, und Faust und Arm folgten nun dieser Rückwärtsbewegung. Der Mann änderte erneut die Stellung, beugte sich auf seinen Fußballen vor, und die riesige Faust kam auf Arthur zu, so langsam, wurde im Flug größer und immer größer.

Und dann traf ihn etwas wie eine Explosion im Gesicht. Er spürte den Aufschlag, das schmerzlose Zermalmen von Haut und Knochen, taumelte zurück und fiel mit seltsam federndem Schwung auf den Gehweg, rollte auf die Seite und blieb reglos liegen. Dann stützte er sich auf einen Ellbogen und rieb sich mit der Hand über den tauben, salzigen Fleck, der sein Mund war. Die Brille hing ihm in einem komischen Winkel auf der Nase. Er richtete sie und rappelte sich auf.

Der Mann schlug ihn erneut, ein Hieb, der seinen Kopf nach hinten und zur Seite schleuderte, und er spürte, wie ein heißer Blutschwall über Mund und Kinn schoss. Er taumelte, sackte zu Boden, wälzte sich herum und versuchte, wieder aufzustehen. Seine Hand glitt von der Bordsteinkante ab und landete im Schmutz der Gosse. Er kam auf die Knie und verharrte so, verharrte einen Moment auf den Knien und versuchte vergebens, den Dreck an seiner Hand am Hosenbein abzuwischen. Als er schließlich auf die Füße kam, war das über ihm schwebende Gesicht kaum mehr als ein heller Klecks vor gelblichem Dunkel. Er hob die andere

Hand an die Augen und stellte fest, dass er ohne Brille war. Er ging auf den Mann zu, wedelte mit den Händen vor dessen Gesicht, blubberte unverständliche Worte durch zerfetzte Lippen und versuchte ihm verständlich zu machen, dass er kaum mehr etwas sehen konnte.

Er hörte ein wildes Lachen, dann spürte er, wie sein Kopf von einem plötzlichen, unmenschlich mächtigen Schlag weich und knochenlos wurde; und Arthur schwebte auf und flog zurück durch die Luft, gefühllos, sinnenlos, bis er hart auf den Gehweg prallte. Erneut versuchte er sich aufzurichten, Hand und Arm aber wurden kraftlos, gaben nach, und so lag er starr und reglos auf dem Asphalt.

Als er nach einer Weile wieder ein wenig zu Kräften gekommen war, rappelte er sich schmerzgekrümmt auf und spähte wie eine Eule um sich. Der große Mann war nirgendwo mehr zu sehen.

Arthur hob tastend die Hände und erkundete die frischen, offenen Wunden in seinem Gesicht. Dann richtete er sich auf Händen und Knien auf, kroch eine Weile über den Gehweg und suchte nach seiner Brille. Er konnte sie nicht finden.

Arthur wuchtete sich in die Höhe, taumelte einen Moment wie benommen und fand dann sein Gleichgewicht. Schwankend begann er, der langen, schmalen Straße dorthin zu folgen, wo sich die Dunkelheit ballte und kein Licht brannte, wo die Nacht sich auf ihn niedersenkte und wo ihn nichts erwartete, wo er – endlich – allein war.

NACHWORT

Wer könnte das schon, die Seele säubern?

Zärtlich ist die Nacht nur zu reichen Säufern. Zu jungen Fliegern, die im wilden Dschungel abstürzen, ist sie gewalttätig und grausam. Die lässt sie zittern, drückt ihnen auf Herz und Kehle, bis sie nicht mehr weiterwissen vor Angst, sich von irgendwoher ein Blatt Papier besorgen und bei flackerndem Feuerzeug zu kritzeln beginnen. Einfach losschreiben, um den reißenden Strom der Gedanken einzudämmen, umzuleiten in ruhigere Bahnen.

John Williams war Anfang zwanzig, als er sich widerstrebend, aber letztlich freiwillig bei der Air Force meldete. Während der Highschool hatte er als Radioansager gearbeitet, bei der Armee ließ er sich zum Funker ausbilden. Zu Beginn des Zweiten Weltkriegs wurde er an Bord eines Transport- und Aufklärungsflugzeugs eingesetzt und – auf einem Erkundungsflug in Burma – abgeschossen. Wie durch ein Wunder überlebten Williams und der Pilot. Die fünf Crewmitglieder, die sich im Heck aufgehalten hatten, starben.

Wochenlang erholte sich Williams in einem Lager in der Nähe der Absturzstelle von seinen Verletzungen und dem Schock, davongekommen zu sein. Er saß auf einer Lichtung im Dschungel, im wilden Nirgendwo, und versuchte mit sich und seinem Trauma fertigzuwerden.

Das ist die Lage, in der John Williams seinen ersten Roman schrieb. ›Nothing But the Night‹ ist das Werk eines Zweiundzwanzigjährigen, den die unmittelbare Begegnung mit dem Tod verstört zurückließ und zu einer Auseinandersetzung mit dem eigenen Schicksal zwang.

1922 im Nordosten von Texas in eine arme Farmerfamilie geboren, erfuhr Williams mit acht Jahren, dass der Mann, der ihn aufgezogen hatte und als Hausmeister in einem Postamt arbeitete, nicht sein leiblicher Vater war. Sein Vater sei kurz nach seiner Geburt von einem Tramper ermordet worden. Es bestehen bis heute gewisse Zweifel an dieser Geschichte, vielleicht hatte der Vater sich auch einfach aus dem Staub gemacht. John aber, so müssen wir es uns vorstellen, malte sich den gewaltsamen Tod des Vaters schon früh aus. Das Trauma des Tötens, das später in seinen Büchern immer wieder auftauchen sollte, hat hier seinen Urgrund und wurde durch die eigene Todeserfahrung neu belebt.

In ›Nichts als die Nacht‹ ist es sehr gegenwärtig: Das Bild der Mutter, die auf den Vater schießt und sich danach den rauchenden Revolverlauf in den Mund schiebt, bestimmt das Leben des jungen Arthur Maxley. Deswegen kommt er nicht zur Ruhe, fühlt sich zerrissen von Schuld und Scham. Die zwölf Stunden, die Williams in seinem Debütroman schildert, sind zwölf Stunden voller Unruhe, Panik und Raserei. Immer ist der Protagonist in Bewegung, physisch wie psychisch, hastet von einem Ort zum anderen, stürzt in Albträume, verirrt sich in Visionen.

Die »unsagbare Kraft«, die ihn drängt und jagt, ist seine Erinnerung. Aus dem Verborgenen des Bewusstseins zieht sie grausame Geschehnisse hervor und stößt sie ihm vor den Kopf. In immer neue Metaphern gekleidet taucht sie wieder und wieder auf: als schmerzende »Krankheit«, die Arthur anfällt, gegen die er nichts unternehmen kann, als eine »Flut«, die lange aufgestaut worden war und jetzt auf ihn einstürzt, als ein »Ungeheuer«, das ihn anspringt, ein »Lichtstrahl«, der ihn durchbohrt. Die Erinnerung ist bei Williams ein »Orbit«, dann wieder eine »verwinkelte Kammer«, schließlich eine magische »Schiefertafel«, von der sich das Grauen des Augenblicks nicht mehr löschen lässt.

Das, was ›Nichts als die Nacht‹ an Handlung bietet, ist klar umrissen: Ein junger Mann mit schönen Händen weiß nicht, ob er im Traum oder in der Wirklichkeit besser zu Hause ist. Er liegt im Bett, will spazieren gehen, biegt doch zur Bar ab, trifft erst einen pleitegegangenen Bekannten, dann seinen verloren geglaubten Vater und schließlich eine betrunkene Frau, deren Zuneigung ihn rasend macht. Urplötzlich bricht am Ende die Gewalt aus ihm hervor wie Lavabrocken aus einem schlafenden Vulkan. Seine Angst verwandelt sich in Hass, und die Sinne werden ihm taub. Williams' Erzählung hat keinen Anfang und kein Ende – ist ein ewiges Flüchten, ein Weiterhasten ohne Ziel.

So einfach der Plot zu beschreiben ist, so schwer erfasst man die Stimmung, die diesen jungen Mann gefangen hält: Es ist eine gefährliche Mischung aus Einsamkeit und Ekel – vor der Welt und vor sich selbst –, die Arthurs Seele wund und fleckig macht. Immer dickere Schmutzschichten lagern sich auf ihr ab, immer schwerer wird sie ihm. Aber Rettung ist keine in Sicht. »Wer könnte das schon, die Seele säubern?«, fragt Arthur einmal lakonisch. Und während die Erinnerung ihm immer härtere Bälle zuspielt, wächst seine Sehnsucht danach, sich zu säubern, endlich zu vergessen, ins Unermessliche. Aber sooft seine Lippen auch an kalten Gläsern kleben und er sich die Augen leer liest – die Ruhe will einfach nicht kommen. Arthur bleibt in den Fängen seiner Erfahrungen: ein vor sich hin dämmernder Müßiggänger ohne Hoffnung auf einen einzigen sicheren Tritt. Alles rutscht ihm weg, gleitet unter ihm fort, und er lässt sich im dunklen Gedankenstrom willenlos treiben.

John Williams schrieb ›Nichts als die Nacht‹ wohl vor allem, um seine eigenen Gefühle zu verstehen. Es ist das Buch eines jungen Wilden, der wütet, weil er sein Inneres nicht nach außen bringen kann. Die wilden Fantasien, mit denen er die dramaturgisch klaren Handlungsszenen vor der Kulisse des nächtlichen San Francisco konterkariert, sind der Versuch, einen literarischen Ausdruck für das Gefühl innerer Getriebenheit zu finden. Dass es ein junger Autor ist, der hier schreibt, merkt man an dem allgegenwärtigen Wunsch nach Intensität, nach unbedingter Wirkung. Auch an der überbordenden Metaphernlust: Augen glühen hier »wie lose Kohlen hinter lichtbrechendem Glas«, Taxis schießen durch die Nacht »wie ein aus düsterem Gewehrlauf gefeuertes Projektil«, und die Ekstase einer Striptease-Tänzerin wird weniger beschrieben als durch Adjektivkaskaden regelrecht heraufbeschworen. »Overdone« könnte man mit Blick auf Williams' Beschreibungstechnik sagen. Sollte man aber nicht. Denn hinter der üppigen Freigebigkeit, mit der hier Wortschätze verteilt werden, steckt der jugendliche Drang nach Vergegenwärtigung.

Williams' Debüt ist stark, gerade weil es sich verschwendet, noch nicht streng haushaltet mit seinen erzählerischen Kräften und dramaturgischen Dynamiken. Es ist ohne Kalkül, mit reinem Enthusiasmus geschrieben. Der Autor teilt die Angst seines Protagonisten vor dem »Ansturm des kalten Bewusstseins«, der »brutalen Aufdringlichkeit des Sichtbaren«. Die angespannte Sensibilität, mit der der Held alles überdeutlich wahrnimmt – den Lärm, die Blicke, den nackten Körper der betrunkenen Frau –, spiegelt das noch ungefüge Ich des Verfassers, der heftig daran leidet, wie »grundlegend die Menschen voneinander getrennt sind«.

›Nichts als die Nacht‹ ist noch nicht so drastisch naturalistisch wie sein zweiter, erst zwölf Jahre später veröffentlichter Roman ›Butcher's Crossing‹. Hier flirtet Williams ab und an noch mit dem Surrealismus, lässt die undeutliche Bildsprache des Traums ungefiltert zu. Vom psychologischen Minimalismus seiner späteren Werke, dem dramaturgischen Darstellungsgeschick und sicheren Ton von ›Stoner‹ oder der detailversessenen Charakterisierungskunst seines ›Augustus‹ ist noch nicht viel zu spüren. Von der erzählerischen Kraft schon. Trotzdem war Williams' Erstling kein Erfolg.

Nach dem Krieg hatte Williams sein Manuskript mehreren Verlagen vergeblich angeboten und begonnen, in Denver englische Literatur zu studieren. Schließlich konnte er den Verleger und Universitätsprofessor Alan Swallow zum Druck überreden, obwohl der die ganze Geschichte »ziemlich trostlos« fand. 1948 erschien ›Nothing But the Night‹ bei »Swallow Press«, wo unter anderem auch Werke von Anaïs Nin, Allen Tate und dem Lyriker Yvor Winters verlegt wurden. Der Klappentext, den Swallow verfasste, war allerdings absurd und eher abschreckend: »Diese psychologische Erzählung stellt ständig eine kulturelle und soziale Frage: Haben wir nicht alle ähnliche Erfahrungen gemacht?

Haben sich nicht all unsere Mütter vor unseren Augen um-
gebracht, ob wir es nun wahrhaben wollten oder nicht?«
Kein Wunder, dass sich das Buch mit einer solchen Ankün-
digung nicht verkaufte. Eine wohlwollende Besprechung in
der ›St Louis Post-Dispatch‹ bescheinigte dem jungen Autor
immerhin ein »ungewöhnlich feinfühliges Gehör und eine
ungewöhnlich sensible Wahrnehmung«. Darüber hinaus
gab es keine Reaktionen. ›Nothing But the Night‹ war ein
Misserfolg und geriet bald in Vergessenheit.

1949 veröffentlichte Williams noch einen Gedichtband
(›The Broken Landscape‹), dann wandte er sich wieder seinen Studien zu und schlug eine Universitätskarriere ein.
1954 promovierte er an der University of Missouri mit einer
Arbeit über den elisabethanischen Dichter Fulke Greville,
anschließend kehrte er nach Denver an seine Heimatuni-
versität zurück, wo er bis zu seiner Emeritierung 1985 mit
Krawattenschal und Zigarette im Mund Englische Litera-
turwissenschaften und Kreatives Schreiben unterrichtete.
Nebenbei schrieb er drei Romane, die sich in Tempera-
ment, Stil und Gattung auf ungewöhnliche Weise voneinander unterscheiden.

Zu Lebzeiten galt Williams unter Literaturkennern zwar als
Geheimtipp, internationale Bekanntheit erreichte er aber
erst posthum dank der Wiederentdeckung durch Edwin
Frank, den Cheflektor der Buchreihe ›New York Book Re-
view Classics‹. Hier erschien 2006 der lange vergriffene Ro-
man ›Stoner‹ – und wurde ein Sensationserfolg.
   Sein Erstlingswerk aber ist nahezu unbekannt geblieben.
John Williams selbst, der 1994 an Lungenversagen starb, hat

es in seinen späteren Jahren verleugnet. Vielleicht erschien ihm diese Geschichte im Rückblick zu unfertig, zu verletzlich und angreifbar. Dabei liegt doch die Stärke des Buches gerade darin, dass es nicht abstrakt werden muss, um vom Schwierigen zu erzählen. ›Nichts als die Nacht‹ mit seinem ungeschützten Hang zum Expressiven ist ein packendes, aufrührendes Debüt. Im Dschungel geschrieben, während der Regen auf das löchrige Zeltdach prasselte. Um sich vor den Albträumen in Sicherheit zu bringen. Um den Schicksalsschlag abzufangen, um weiterleben zu können mit all dem Schmutz auf der Seele.

Simon Strauß